연인을 위한 `
퇴고

연인을 위한 퇴고

최윤정 요정소설

민음사

이제 나는 나와 헤어지지 않으려
글을 쓴다. 닳은 내가 아끼는
나를 끌어안듯.

이제 나는 시절을 위해 글을 쓴다.
아끼는 나를 끌어안듯.

너를 사랑해. 너는 거기에 있다.
너를 사랑해. 너는 여기에 있다.

처음에 이 말은 지금과 다르게
쓰였다. '모르는'으로부터
'아끼는'에 이르는 그 여정에 쓰고
고쳐 쓰며 내가 된 사랑이 있다.

이제 나는 유년을 잊지 않으려
글을 쓴다. 낡은 내가 모르는
나를 끌어안듯.

이제 나는 어린 날과 헤어지지
않으려 글을 쓴다. 낡은 내가
아끼던 나를 끌어안듯.

나는 어린 날과 헤어지지 않으려
글을 쓴다. 낡은 내가 아끼는
나를 끌어안듯.

이제 나는 나와 헤어지지 않으려
글을 쓴다. 사랑해.
너는 여기에 있다.

차례

두 개의
길이

의
따금
겹치는

때로 내가 얼룩 속에 살고 있다는 생각이 든다. 변해가는 것들 사이에서 사라지지 않는.

오래 간직하기 위해 형체를 흘려보내야 하는 것들이 있다. 지나간 뒤에 남는 것을 영원처럼 아끼려, 얼마든지 그 모습을 달리해도 끝내 당신일 수 있도록.

나는 느리게 달라지거나, 달라지지 않는다. 끈질기고 끈덕지다. 가볍고 흐리멍덩하다. 경쾌하고 날카롭다.

이곳은 지워지지 않는다.

나는 침대의 냄새를 맡는다. 언젠가 여길 지금보다 더 사랑하게 될 것을 예감한다. 온기도, 냄새노, 섬점 옅고 흐려져 끝내는 소란을 빗겨나간 소중한 기억이 될 것이다. 누구도 앗아갈 수 없고 어떤 곳으로도 더는 사라지지 않는 기억이다.

엄마가 나를 깨우는 목소리가 들려온다. 나는 어렴풋한 잠의 가장자리를 맴돌고 엄마는 문을 연다. 물결처럼, 엄마가 내게로 다가온다.

"아침이야. 학교에 가야지."

다정한 목소리.

아래층에서는 아빠가 부엌 일을 마치는 중이다. 아빠와 엄마는 내가 떠난 뒤 뜰을 가꿀 것이다. 나는 깨어나야한다.

"아침이야. 학교에 갈 거지?"

엄마가 내 어깨를 부드럽게 흔든다. 엄마의 손가락에서 풀과 과일 냄새가 난다. 율무와 포도, 검은 흙과 수선화 냄새가 뒤섞여 있다. 내가 개라면 엄마의 손가락에 희미하게 묻은 포도알의 즙 몇 방울을 핥아 병이 들 수도 있을 것이다. 개와 고양이에게 포도는 독이므로.

나는 먼 훗날 내가 개 한 마리와 고양이 한 마리를 기르게 될 것이라는 사실을 예감하며, 기억해 내며, 침대를 벗어난다.

멀리에 있는 내가 그렇게 되리란 걸 이야기해 준 이는 멀리서 온 바로 당신이다. 우리는 쉼 없이 미래에 대해 이야기한다. 하굣길이면 나는 당신을 만난다. 집으로 오는 사거리를 함께 걷고 횡단보도 하나를 지나쳐 각자의 길로 이별한다.

사거리에서 만나는 당신은 내게 늘 먼 훗날이다. 당신은 이제 막 나를 찾는다. 나는 늘 당신 직전에 당신을 마주친다. 우리의 시간은 우리이거나 그렇지 않다. 시절들이 저 교차로에 모인다.

"아침이야. 너는 이미 일어나 있지 않니?"

엄마의 손이 나의 이마 위 머리카락들을 쓸어넘긴다. 나는 내가 여전히 침대에 누워 있다는 것을 깨닫는다.

앞을 보니 일어나 방을 나서고 있던 낯익은 소녀가 나를 뒤돌아본다. 당신은 잠시 나의 얼굴을 갖고 있다.

감은 눈을 더 깊이 감을 때, 잠시 나는 한 계절이 된다. 우리는 앞날도 시선도 슬픔도 없이 눈을 맞추고, 서로가 되어, 서로의 뒤를 보다가, 환한 한 시절이 된다. 소녀가 자라난다.

나는 미래 직전에 두고 온 것을 찾고 있다. 열린 저편에서는 늘 이편이 보인다.

아빠는 나를 차에 태워 학교로 데려가 준다. 나는 교문에서 내려 운동장 가장자리의 둥그런 길을 따라 걷는다.

아빠는 오후가 되면 엄마와 뜰에서 꽃을 꺾고, 잡초를 죽이고, 흙을 고를 것이다.

학교가 끝나 집으로 돌아가면 엄마는 늘 뜰에 있고 아빠는 엄마 곁에 서 있다. 더러는 몸을 나른하게 굽히고, 뜰의 큰 돌에 걸터앉아, 엄마 곁에서 나를 바라보고 있다. 우리는 서로를 일구고 가꾼다.

"언젠가 너는 우리에 대해 이야기하고 싶어질 거야. 다른 어느 것보다도, 아마 네 자신에 대해 이야기하기 위해."

가장 부드러운 바다의 밀물처럼, 사랑이 내게 헤어짐을 속삭인다. 나는 당신이 사랑임을 안다. 당신이 뒷날이자 앞날임을 안다.

엄마가 나를 보고 있다. 물끄러미 느린 눈으로.

나는 가슴이 뛴다.

하나. 체육 시간

나는 기둥을 보고 있다. 현관 지붕 아래 기둥 둘이 서 있다. 기둥이 운동장을 셋으로 나눈다. 왼쪽, 가운데, 오른쪽. 셋, 하나, 둘. 나는 셋으로 나뉜 운동장의 햇빛을 보고 있지만, 시간이 흐르자 비가 내리기 시작한다.

비가 와서 뜀뛰기도 피구도 줄넘기도 더는 할 수 없어진
다. 선생님은 호루라기를 불며 돌출된 현관의 지붕 아래로,
셋으로 나뉘었던 운동장의 테두리 밖으로 우리를 몰아낸다.

"오늘은 이곳에서 노래를 부르자."

누가 그 말을 먼저 꺼낸 것인지 나는 기억하지 않는다.

내가 기억하는 것은 노래다.

조용하던 친구가 앞으로 나가 외국어로 된 노래를 부르
기 시작한다. 친구의 목소리는 듣기 좋다. 노래는 여기를
지나 멀리로 간다.

그가 멀리로 간다.

그가 멀리서 온다.

아무도 그의 노래를 비웃지 않는다. 아무도 노래를 멈
추지 않는다.

참새를 쫓아가면
참새의 둥지가 나오죠

방울뱀을 따라가면
방울뱀의 굴이 나오죠

점심에는 무엇을 먹을지
아직 정하지 못했지만

어젯밤에 무엇을 먹었는지는
언제든 말해 줄 수 있어요

계란과 콩, 콩과 죽, 죽과 찌개
차가운 두부와 울새, 방울뱀, 청둥오리, 까만 것

너무 뜨거운 요리는
조심해야 해요 몸을 데지 않도록

"비가 멈췄다."

호루라기 소리가 들리자 친구들이 운동장으로 뛰어나
간다.

노래를 부른 친구가 앞장서서 달리다가 어디론가 사
라진다. 기둥 둘 너머 운동장이 셋으로 갈라지는 곳에 그가
있다. 기둥에 가려진 그는 더 이상 달리지 않는다. 그가 멀
리 선 나무와 겹친다. 새들이 있다. 새들이 나무를 떠난다.

나는 뜀뛰기도 이어달리기도 배구도 하지 않는다. 계
단에 앉아 친구들을 본다. 그들은 나의 친구이지만 어느 순

간부터는 서로의 이름을 기억하지 못하고, 어느 순간부터는 서로의 얼굴을 기억하지 못하고, 그럼에도 오랫동안 서로가 존재했다는 사실만은 따스한 안개비처럼 기억하게 될 것이다.

비를 피했던 새들이 돌아온다.

"일어나렴. 비가 그쳤으니 수업을 시작해야지."

"다리가 아파요."

"일어난 뒤엔 실은 모든 게 괜찮았다는 걸 알게 될 거야."

자리에서 일어나라는 말은 자라나라는 말처럼 들린다. 깨어나면 다시 잠들고, 잠들면 다시 깨어나라는 말처럼 들린다. 나무를 지나, 기둥을 지나, 새들 아래를 지나, 친구가 되돌아온다.

나는 친구에게 그가 부른 노래의 제목을 묻지만 그는 대답을 망설이고, 오랫동안 망설이다가 결국에는 무언가를 소곤댄다.

그 노래는 너의 이름이야.

오래전에 태어난 너의 비밀이야.

서서히 잊혀 가는.

서서히 너를 닮아 가는.

내가 쓰는 너의 이야기.

"이것이 내가 너에 대해 해 줄 수 있는 이야기야."

사거리에서 만나는 나를 닮은 당신이 내게 손을 흔든다. 당신은 함께 걷는 동안 그날 맡았던 비와 운동장 냄새를 이야기했다.

그때 너는, 잠시 나였지.

학교에서 만난 친구들은 학교를 떠나지 않는다. 그들은 기억 속에 있다.

둘. 급식

삶은 행주 냄새가 복도를 맴돈다. 행주를 삶아 낸 뜨거운 물, 거기서 번진 습기가 친구들을 감싼다.

미지근한 금속 식판의 굴곡은 온전히 패여 흠잡을 데 없어진 흉터 같다. 마스크를 쓴 여자들이 흉터에 고기를 담는다. 고깃국에서 김이 오른다. 고기를 먹을 때면 나는 자주 혀를 깨문다. 혀에 피가 맺힌다.

혀의 표피에 송곳니 끝부분 크기의 붉은 점이 생긴다.

나는 거울 대신 수저를 들어 얼굴을 본다.

수저 앞면엔 늘 위아래가 뒤집힌 얼굴이 비친다. 나

는 입을 뻐끔거린다. 눈밑을 자세히 들여다보면 흰 점이 보인다. 점처럼 보이는 하얀 흉터. 멀리 있어 갈 수 없는 호수 같다.

"이건 비누 조각이야."

"목련 잎이야."

"송아지의 앞발굽이야."

나는 붉고 희다. 나는 붉은 점과 흰 점이다. 나는 검붉고 새하얀 얼룩이다.

우리는 고깃국을 먹는다. 잘려 튀겨진 생선을 먹고, 갈빛 소스, 푸른 덩어리, 정갈한 글씨로 재료가 나열되는 온갖 것들을 먹는다.

친구는 내게 어쩌다 흉터가 생긴 것인지 묻는다. 나는 남들보다 씹는 속도가 느리기 때문에 입에 무언가가 들어 있을 때면 열심히 그것을 삼키려 노력해야 한다. 턱뼈가 뻐근해진다. 친구는 곧 그런 질문이 거기 있었음을 잊는다. 대답들이 미루어진다.

뒤로 밀리는, 물결처럼, 당신의 뒤편으로.

나는 다 먹지 못해 찰랑찰랑 흔들리는 식판의 고깃국을 조심스레 내려다본다 한 걸음 나아갈 때마다 얼굴의 얼룩에게 가까워진다.

왼쪽 뺨의 흰 점은 나만의 조그만 것이고, 시간이 흐르면 그 흉을 알아차리는 이들은 점점 더 줄어든다.

여기 엷게 팬 부분이 있다. 나를 기다리는 어느 먼 호수가 있다. 그게 나의 몸이다. 우리의 비밀이다.

걸음은 균일하지 못하다. 안개비가 길을 적신 후다. 실은 비가 아니라 김이다. 급식소는 김이 자욱하다. 바닥은 습기와 기름기로 미끌거리고 끈적인다. 굴절로부터 얇고 평평한 모서리를 향해, 오직 그런 방향으로만, 식판에서 부연 국이 넘친다. 나는 손가락을 적신다. 나는 비틀거린다. 식판을 놓치고 넘어진다.

목련 잎들이 뜰에 쌓인다. 목련은 학교의 교화, 흰 목련은 매년 갈색으로 시든다. 때가 되면 새들이 열매를 물고 돌아온다. 여기, 자라나는 것들이 있다.

내가 떨어트린 음식이 어느 언니의 치마를 적신다. 언니는 친구들과 웃음을 터뜨리다가 나를 돌아본다.

소처럼 둥근 눈이다.

언니가 나의 어깨를 움켜쥐고 앞뒤로 천천히 흔든다. 언니의 안경에 엷고 흰 김이 서려 있다. 언니의 목소리는 우무처럼 부드럽다.

"일어나렴. 내게 이 눅눅한 음식 찌꺼기 말고 더 줘야

할 게 있잖니."

"무엇을 드려야 하나요?"

"닦을 게 필요해."

주머니에서 휴지나 손수건을 꺼내고 싶다. 나는 치마 주머니로 손을 밀어 넣고 안쪽을 뒤진다. 보푸라기 몇 개가 손가락에 묻어나온다. 재처럼.

"닦을 게 없니?"

"없어요. 대신 제 치마로 언니의 치마를 닦아 드릴게요."

나는 절박한 마음으로 더듬거리는 시늉을 한다. 그러나 나는 사실 두려움을 느끼지 못하고, 당황은 가장되거나 과장되고 있으며, 찾아드는 것은 오히려 약간의 웃음이다.

나는 무심코 웃음을 터뜨린다. 미래가 재빠르게 우리들 사이로 찾아든다. 우리는 웃기 위해 자라난다. 자라나기 위해 웃는다. 언니가 나를 따라 웃기 시작한다.

"얘들아, 이 애를 좀 봐. 내 치마를 더럽혔으니 자기 치마로 내 치마를 닦아 주고 싶대."

치마들이 습기를 머금고 흔들린다. 회색 치마들 아래로 흘러내린 고깃국물이 고여 있다. 나는 젖은 손가락을 등 뒤로 숨겨 다 쓴 숟가락과 젓가락을 넣는 상자에 문질러 닦는다. 그 통의 유리문 가장자리에는 문과 문틀을 꽉 끼우기 위해 약간의 천 조각이 붙어 있다. 나는 그 천에 손가락을 문지른다. 아무도 눈치채지 못하게, 커다란 언니들이 웃고 있는 틈에 거기 미끌거리는 국물을 닦는다.

손은 계속 젖어 있었다. 밖으로 나오니 손에서 기름 냄새가 풍겼다. 나는 그 냄새가 종일 메스꺼웠다.

언니는 어느 날 나의 교실로 찾아와 작은 솜인형을 주었다. 공예 시간에 직접 만든 것이라고 했다.

언젠가 이 일로부터 실마리를, 내가 이해하지 못하는 어떤 중요한 것을 알아챌 수 있을 거라 믿었다. 이 기억은 아직 여기에 있다.

셋. 사거리

"너는 언제까지나 그 일을 잊지 못하지. 기억은 점점 닳아서 결국엔 맨들거리고 모서리가 모두 부드러워진 조약돌처럼 변하지."

"그래, 나는 결국 다른 무엇도 아닌 그 유리문 가장자리의 천조각을 기억하지. 까끌거리는. 아마도 회색이었거나 자주색이었을."

"혹은 진초록이었거나."

당신은 거기 그 잊히기 직전의 빛깔이 머물고 있기라도 한 것처럼 나를 들여다본다. 우리의 두 눈은 횡단보도가 그려지고 신호등이 놓인 하나의 거리다. 우리는 서로에게로 가까워졌다가 천천히 멀어진다.

"너는 친구들에게 들었던 어떤 노래의 제목도 제대로 기억하지 못하지. 그건 이상한 일이지만 너는 잊기 위해 잊지 않기를 배우지. 노래들은 반복돼. 되풀되며 사라지고, 사라지며 네가 되지."

"그리고 또 무슨 일이 일어나지?"

나는 당신에게 미래를 묻는다. 우리는 늘 그래왔던 것처럼 하굣길 사거리 프랜차이즈에 앉아 있다. 이따금 얼음을 가득 넣은 커피를 마신다. 차가운 커피는 당신의 장난이다. 당신은 내가 눈치채지 못할 때마다 과거 속에서 미래를 살아보고 싶어 한다.

나는 스물아홉 살이 될 때까지 뜨거운 커피만 마신다. 당신은 내가 스물아홉 살이 되며 돌연 차가운 커피만 마시기 시작한다는 사실을 알려준 적 있다. 그리고 또다시 달라진다는 걸.

당신은 그 밖에도 많은 것을 안다. 내 잊날의 귀중한 책들, 잊고 마는 제목들, 이름들, 사랑.

그 말은 밀려드는 순간 되돌아서는 물결이다.

당신은 되돌아오는 계절이고, 새들이고, 아직 멀리에 있는 슬픔이다. 아늑하고 어둑어둑한 부드러움이 이어진다. 우리가 어찌해 볼 도리 없는 것들이 우리를 자라게 만들고 있다.

"너는 어린 시절로부터 멀리로 여행을 떠나지. 여행은 도착하며 끝날 거야. 미래에는 네가 기대하지 않은 전염병들이 존재하고, 총격전이 있고, 너는 어느 먼 나라에서 강도를 만나기도 해. 그러다 어느 순간에는 절대 그런 먼 나라에 가 볼 수 없는 시절이 찾아오지."

"어째서?"

"사람들은 늘 사람들을 두려워해 왔기 때문에."

친구는 전염병과 이국의 강도에 대해 이야기한다. 내가 한 발자국도 집 밖으로 나가지 않는 겨울에 대해. 환한 새벽과 잿빛 묵념, 주름들에 대해. 붉은 살과 흰 뼈를 향한 기도에 대해.

"너는 지하철 문이 닫히는 순간 재빠르게 다시 열차 안으로 뛰어들지. 심장이 빠르게 뛰고, 누가 너를 어떤 눈길로 바라보는지 조금도 느껴지지 않는 멍한 찰나가 찾아와. 강도는 너를 따라 열차에서 내렸다가, 문이 닫히는 순간 문 너머로 가 버린 너를 발견해."

"그래, 그리고 나는 그때 문 밖에 선 강도의 손에서 무언가를 보지."

"조그맣고 빛나는 칼을."

"나는 그 칼이 나의 상상이라는 걸 알아. 그는 사실 칼 대신 다른 걸 갖고 있었지. 단 한 번도 눈을 깜빡이지 않고 나를 바라보았지."

"너는 그가 너를 해치려 했음을 알고 있지. 그게 네 기억의 전부야. 그 먼 나라에서."

"어쩌면 내가 다시는 가 보지 못할."

"어쩌면 너의 지난날에, 그런 사건에 대한 단서가 깃들어 있었던 것은 아닐까. 어느 매듭에, 어느 언덕에, 따스한 안개비 같은 골목 어스름에.

그날 밤 강도의 곁에서 너는 어떤 고민도 충분히 되풀이하지 못할 만큼 재빠르게 움직여야 했어. 그때도 너는 사실 아무런 두려움을 느끼지 못했고, 당황은 가장되거나 과장되고 있었으며, 찾아드는 것은 오히려 약간의 웃음이었지."

"마치 오래전 그랬던 것처럼. 이해되지 않는 사랑의 실마리처럼."

"어린 아이가 노인의 얼굴로 너를 보며 웃는 것처럼."

나는 그럴 리 없음을 안다. 내가 겪는 것은 서로 다른 여러 일들이다. 그러나 당신은 나를 닮았고, 나는 당신을 닮았다. 주름들이 겹친다. 이것이 나의 몸이다.

나는 아직 아무런 이야기도 쓴 적이 없다.

그러나 이야기는 이미 열려 있다.

"너는 이따금 네게 빠져들지. 그 피로는 더없이 자연스럽고, 어깨에 소리 없이 쌓이는 눈처럼 차가워."

"그래, 시간이 흐를수록 호수는 더 멀어지고, 새들은 더 많이 날아오르고, 바다는 더 깊어지지."

이야기는 이미 쓰이고 있다. 당신은 내가 쓰는 이야기, 멀리로 떠나 여기를 돌아보는 나다.

"하지만 좋은 일들도 많아."

당신은 좋은 일들에 대해 내일 더 이야기하자고 말한다. 우리는 나란히 앉아 하늘을 내다본다. 문 닫은 가게들, 지나가는 개, 보도블록 한 칸이 어린 앞니처럼 빠져 있다.

"그곳에서 너는 좋은 일들 가운데 둘러싸여 눈을 감고 있어. 시간은 네가 멈출 수 없는 물결이야. 너는 잠기운을 떨치며 미지근한 거품이 너를 감싸는 순간을 그려. 파도의 거품이지. 너는 한순간 오래전의 여름으로 돌아가고, 바다는 따스해. 너는 지금보다 훨씬 어리지. 말을 배우지 못한 너는 거품을 무엇이라 부르는지 모르고, 물을 무엇이라 부르는지 모르고, 바다와 너를 구분하지 못하지. 그리고 손이 있어.

다른 이들의 손이 너를 아늑하게 휘감지. 거품보다 더 단단하게. 너는 아주 작고 그 품에서 안전해. 그건 좋은 일이지. 너는 잠을 깨며 이따금 그 순간을 떠올려. 그 기억이 진실일지, 너는 궁금해하지 않지."

나는 기억 속에 있다.

내가 당신에 대해 쓰는 것은 당신이 나에 대해 쓰기 때문이다. 나의 고백은 밀려드는 순간 되돌아서는 물결이다.

우리의 만남은 그리움을 위한 기도다. 여기 부드럽고 어둑어둑한 먼 곳이 있다.

너는 나이고 나는 너다.

당신은 그 사실로부터 달아났다가, 내게로 되돌아온다.

하늘이 붉게 변하고 우리는 해가 지기 전 헤어진다.

사거리의 당신이 내게 인사를 건넨다.

"먼 훗날 너는 뜰이 있는 이층집에서 일을 하며 개와 고양이를 돌보지. 개는 매일 밤 일찍 잠들고, 책상에서 일을 하던 너는 개의 물그릇을 씻고, 고양이는 밤을 설어. 가족들은 모두 각자의 자리에 웅크리지. 너는 밤 가운데서 깊이 잠들어."

"그건 좋은 일이지."

"그건 좋은 일이지."

밤이 거울처럼 나를 비춘다. 스푼처럼 오목한 밤에, 내가 거꾸로 비친다. 거꾸로 비친 내가 내게 인사를 건네며 앞날로 사라진다.

신호등 빛이 바뀐다. 붉음은 저무는 해를 닮았다.

넷. 과자 부스러기

검붉은 나무로 된 초등학교 교실 바닥에는 왁스가 발려 있다. 이제 나는 이곳의 그늘과 눅눅한 나뭇결로부터 전염병과 총격전, 사라지는 새들, 고기, 나의 결말, 강도의 징조를 읽어 낼 수 있다.

나는 교실을 서성인다. 저기, 당신이 앉아 있다. 작고 낮은 의자에서 회녹색 표지에 감싸인 책을 읽고 있다. 사랑 이야기를. 어린 아이에게는 이른, 그래서 충분해진 이야기를.

당신은 막 환하고 고요한 계단을 지나 복도를 걸어 교실로 돌아온 뒤다. 친구들은 모두 급식소로 들어가기 위해 줄을 서 있었다. 당신은 며칠째 돌연 친구들에게서 거리를 두기 시작했다. 아무에게도 말을 걸지 않았다. 어린 당신은 침묵이 아무도 해치지 않을 거라 믿는다. 어린 죄가 물크러진다.

이야기 하나가 시작된다. 당신이 쓰는 이야기다.

이야기 속에는 빈자리와, 이야기를 만드는 사람과, 이미 만들어진 이야기가 산다. 그 셋은 서로를 사랑하고, 사랑을 위해 영원의 뒤를 밟는다. 빈자리에 이야기들이 들어찬다.

이것이 나의 이야기다. 나의 몸이다.

껍질을 잃지 않기 위해 자라나는 열매들이 있다. 자라나지 않는 소녀들이 있다. 그들은 나를 둘러싼 이별, 내가 되는 이별, 나를 위한 이별, 사라지지 않는 시절이다.

당신은 빈자리들을 보려 말하기를 참는다. 작은 한 점이 되는 글자들 뒤편에 빈자리가 있다. 당신은 계속 알지 못한다. 그 빈자리는 사라짐의 자리다. 당신이 잃게 되는 것과 당신이 얻지 않으려는 것의 흔적이다. 한한 것과 **슬픔**이 뒤섞인다.

수업이 시작되고 선생님의 질문이 회초리처럼 찾아들 때면 당신은 정답을 말한다. 그러나 쉬는 시간이 오면 입을 다문다. 말이 들리지 않고, 말이 찾아오지 않고, 말이 떠나지 않는다. 다물린 입이 있다. 보지 않으려는 눈이 있다. 당신은 책상에 고개를 묻는다. 그렇게 지키려는 것이 있다. 잠시 되찾으려는 사랑이 있다.

말을 모르는 아이의 사랑이 말로 부서지듯, 당신은 오직 사랑을 위해 자라나지 않기를 바란다. 하염없는 퇴행의 사랑이 거기에 있다. 연약함으로만 빚어지는 어린 시절의 몽상이 거기에 있다. 그리움이 있다.

급식을 먹지 않으면 교실에서 책을 읽을 수 있었다. 누군가 돌아오기 전까지는 혼자였다.

당신은 책상 서랍에서 책을 꺼내 읽기 시작한다. 곧 교실 문이 열리고 두 아이가 나타난다.

남자 아이 둘이 당신 뒤에 선다.

세 사람의 그림자가 겹친다.

아이들은 누구도 말을 시작하지 않는다. 어떤 중얼거림이나 흥얼거림, 하품이나 콧노래조차 없다.

잠시, 모두가 조용하다. 잠시, 책장이 넘겨지는 소리가 옅은 경련처럼 균형을 깨뜨린다. 그 소리를 시작으로 다른 소리들이 겹치기 시작한다. 좁은 곳에서 울리는 3중주처럼 목소리들이 끽끽거리고 의자가 삐걱거린다.

아이들 중 하나가 부드럽게 웃음을 터뜨린다.

"이 애, 정말로 책을 읽고 있는 걸까. 우리 말이 들리지 않는 척을 하는 걸까."

"거짓말은 아닐까. 실은 모든 말에 귀 기울이고 있는 거 아닐까."

당신이 옅은 숨을 쉬고, 세 사람의 숨소리가 겹친다.

침묵은 허구다. 당신은 가슴이 뛴다.

한 아이가 과자를 먹기 시작하고, 그가 던진 과자 한 알이 당신의 책에 부딪힌다.

과자 가루가 점점이 흩어져 인쇄된 문장에 얼룩을 남긴다. 펼쳐진 페이지 가운데 가느다란 틈에 조그만 모래알 같은 가루들이 흘러 들어간다. 당신은 가루를 털어내려 책의 틈을 벌린다. 빈자리가 벌어진다. 찢어지도록 커다랗게 변한다.

뒷자리의 아이들이 몸을 내밀자 점들이 늘어난다. 당신은 가루를 털어내려 책을 벌려 찢는다.

숨소리에 웃음소리들이 섞인다. 낱장으로 찢긴 책이

나비처럼 교실 바닥에 내려앉는다.

부화하는 것이 있다. 날아가는 새들이 있다. 찾아오는 이들이 있다.

집으로 돌아가는 길, 당신은 몰래 좁은 골목길 쓰레기 더미에 찢어진 책을 버린다. 골목길에는 당신을 기다리던 내가 있다. 나는 당신을 보며 웃음을 터뜨린다.

날아드는 과자는 사랑이다. 찢어지는 종이는 사랑이다. 버려지는 책은 사랑이다.

나는 읽다 만 사랑 이야기의 결말을 안다.

언젠가 나는 나조차도 찢을 수 없는 나만의 이야기를 갖게 될 것이다. 나는 글을 쓴다. 글의 결말을 찢는다. 다시 쓰이는 글들은 우리의 영원을 위해 되풀이된다.

다섯. 뜰

어쩌면, 나는 잠든 내가 누워 있는 꿈을 꾼다. 나는 나보다 먼저 태어난 동물이다. 이따금 나는 나를 보고 꼬리를 살랑인다.

기다리던 내가 내게로 걸어온다. 훗날 우리는 그렇게

만난다.

학교 다녀왔습니다.

나는 학교를 마친 후 매일 거리를 조금씩 서성인다. 학교는 거리가 된다.

저녁식사는 두부조림과 계란말이, 새우를 넣은 아욱국. 아빠는 계란말이를 만들어 단정하게 접시에 담는다. 엄마는 색이 없는 투명한 화병에 물을 채우고 꽃을 담는다.

부엌은 아늑하고 따스하다. 나는 책꽂이에 학습서들을 꽂는다. 선생님들은 내게서 좋은 점들을 발견한다. 나는 수학 수업 시간마다 복도로 빠져나가 화장실에 가고, 화장실에는 친구들이 모여 있다. 그 친구들은 나를 보며 아무런 표정도 짓지 않는다. 교실에서도, 화장실과 복도와 급식소에서도 그들은 늘 표정이 없다. 학생이 아니라 벽이나 계단, 수업의 일부인 것처럼.

저녁을 먹은 뒤 나는 아빠와 엄마의 뺨에 잠시 뺨을 맞댄다. 흙과 그을음 냄새가 난다. 부와 빈곤이 겹겹이 겹치며 사랑하는 이들의 손금을 만든다. 나는 그들의 손을 펼쳐 그 금을 잠시 세어 보다가 내 손바닥을 거기 겹친다. 따스함이 번진다. 금들은 끝난 자리에서 새로이 시작된다.

"오늘은 무엇을 했니?"

"수업이 끝나고 어떤 친구를 만났어요."

나는 머뭇거리며 이야기를 들려주었다.

"점심에는 친구가 아닌 사람도 만났어요. 학교 밖 분식점 뒤, 넓은 골목이 좁은 골목들로 나뉘는 지점에 그 사람이 서 있었어요. 옷을 벗고 나와 친구들을 바라보던 사람, 그는 더럽고 조용했어요."

"그래서 어떻게 되었지?"

"저는 그에게 달려갔어요. 웃음을 터뜨리면서 그를 잡으라고 외쳤어요. 그는 달아나기 시작했고 저는 조그만 칼이 있다면 그를 찌르고 싶었어요. 그 순간에는 그렇게 해도 될 것 같았고, 그는 바지를 내리고 스스로를 문지르고 있었고, 그 순간에는 그가 패배하고 싶어 하는 것처럼 느껴졌으니까요. 조그맣고 빛나는 칼에 찔려서요."

벗은 그를 뒤쫓는 나는 아무런 공포를 느끼지 못하고, 당황은 가장되거나 과장되고 있으며, 찾아드는 것은 오히려 약간의 웃음이다.

나는 희미하게 웃음을 머금는다. 옅은 비처럼, 앞날이 우리 뒤를 따른다.

엄마의 손이 나의 이마를 쓰다듬고 머리칼을 쓸어 넘겼다. 엄마는 오랫동안 나를 쓰다듬어 주었다. 껴안고 입을 맞춰 주었다.

"어느새 너는 열아홉 살이로구나."

"엄마 저는 아직 열일곱이에요."

"너는 끄트머리에 서 있구나. 네가 있는 곳은 천천히 허물어지고, 너는 스무 살이 되고, 점점 더 온전해지고, 납세자가 되고, 매일 물에 잠기듯 부드럽게 하강할 거란다. 밑바닥엔 네가 보고 싶어 하는 것들이 있지. 네가 밤마다 뒤따르려던 것들."

"저는 밤마다 미래를 봐요."

미래가 내게 말해 주는 것들은, 골목 끝에 서 있던 어른과 어렴풋 닮아 있다. 나는 웃음을 터뜨리며 그에게 달려간다. 나의 손에는 작은 칼이 있다. 먼훗날 먼 곳에서 나를 겨눌 날붙이다. 나는 날에 갈라지는 몸을 떠올린다. 따스한 몸이 몸 밖으로 번지는 순간을 떠올린다. 몸을 가르는 나날들. 어떤 하루들. 나는 수리 영역 시험지의 그래프 가운데 어느 한 점에 숫자를 적어 넣는 순간을, 화장실의 무표정한 친구들이 웃음을 터뜨리는 순간을 상상한다. 미래는 먹음직스러운 과실이다. 식판에 담기는 소와 돼지의 눈동자다. 어머니와 아버지가 가꾸는 뜰의 아직 피지 않은 튤립과 수선화다.

나는 여러 꽃들의 이름을 외울 수 있다.

폭스글러브.

라넌큘러스.

개양귀비.

시계꽃.

히아신스.

리시안사스.

수국.

금작화.

크리스마스 로즈.

나는 어머니가 꽃을 꺾어 화병에 꽂는 모습을 안다. 꽃대를 짧거나 길게 자르고, 꽃들을 둥글게 모으는 법을 안다. 시드는 꽃들을 안다.

나는 엄마의 손에 차가운 콧망울을 문지른다.

"저는 미래를 알아채고 있어요."

"그래, 그럼 이제 네 침대로 가렴. 가서 차가운 발을 이불에 묻어."

엄마는 내가 침대에서 꾸는 꿈들을 미리 내다본 사람처럼 속삭인다.

"자고 일어난 뒤엔 실은 모든 게 괜찮았다는 걸 알게 될 거야."

나는 당신의 모든 말을 믿는다. 당신이 나인 것처럼. 당신이 늘 먼 훗날로부터 이곳을 향해 소곤거리고 있었던 것처럼.

나는 약속대로 이불 속에 차가운 발을 묻는다. 아침이 오면 일어나야 한다. 그 사실이 나를 오랫동안 잠들지 못하게 만든다. 그리고 한순간, 어렴풋 잠에서 깨면 새벽이 와 있다.

나는 아빠가 뜰을 가꿀 때 신는 흙 묻은 커다란 신발을 신고 뜰로 나간다.

초여름 새벽이 옅푸른 빛에 사로잡혀 느리고 미지근하게 물크러진다. 어린 기쁨, 어린 슬픔, 어린 죄, 어린 애처로움이 뜰에 서 있다. 나는 돌연 스스로가 매일 좋은 일들에 둘러싸여 있음을 느낀다.

사랑하는 이들을 휘감은 시간의 흐름이 날카롭도록 생생하다. 나는 잠기운을 떨치며 여름 가운데서 겨울을 본다. 계절들이 서로를 두드리는 모습을.

먼 겨울 가운데서, 먼 나라로 가는 비행기 창 너머의 묵직한 구름, 데일 듯 뜨거운 캔커피를 건네오는 낯선 손길, 검은 고양이들, 문 너머의 작은 칼, 미처 다 오를 수 없는 계단들이 보인다. 좁은 골목에 두고 온 당신이 보인다.

아직 쓰이지 않은 당신이 저기, 멀리에서 되돌아오고 있다.

사람들이 떠난 동네에 남겨진 색색깔의 쓰레기 더미, 말수 적은 아이들, 노래하는 아이들.

어디로도 떠날 수 없어진 전염병의 겨울, 당신은 따스한 침대 속에서 개의 목덜미를 쓰다듬는다.

한순간, 잠든 채로 기지개를 켜는 개의 발이 당신의 배를 부드럽게 밀친다. 한순간, 따스한 개의 콧김이 당신의 숨과 뒤섞인다.

나의 얼굴을 가진 사거리의 친구, 당신은 거짓말을 모른다. 이제는 견딜 수 있는 일들이 나를 당신에게로 이끈다. 이야기가 나를 쓰는 것은 내가 이야기를 쓰기 때문이다. 나는 이제 책상에 고개를 묻지 않는다. 이야기는 이미 열려 있다.

　　나는 고개를 숙여 뜰의 수선화 냄새를 맡는다. 먼 훗날 이따금 잠에서 깨며 지금을 떠올릴 것임을 알아차린다. 뜰에 아침이 오고 있다. 나를 위한 실마리가.

두 개의 길이 이따금 겹치는

연인을

르의 움
고 향

여기, 내게는 사람의 눈이 없다.

그러므로 이 이야기에서 눈을 뜨거나 감는 일은 중요하지 않다. 나는 어제와 내일이 다다르지 못한 이야기 가운데에서 태어난다. 이야기는 나의 기억을 바쳐 자아내지는 실이다. 실은 미궁으로 기어든다. 이야기는 미궁이 감춘 괴물이다. 괴물은 영원을 위해 어디로든 향하는 허구가 된다.

네 개의 벽이 된 네 신들의 꼭대기, 되풀이되는 말의 첫 마디가 부서진다. 빈 곳을 채우는 잿빛 글씨는 무너지고도 잘게 떠는 곤충의 날개. 벽은 종이 나비들로 가득하다. 나비는 책, 벽은 책들이다. 책 사이 끼어 납작해진 곤충은 온 몸으로 쓰인 시간의 글씨다.

나는 겨울 가지를 내밀어 어둠의 밑바닥을 만진다. 뿌

리내린 나의 밑둥을 천천히 바닥에서 떼어 낸다. 새하얀 흙은 나뉘고 나뉜 오래된 것들의 조각. 흐르기를 멈추지 않는 물결의 증언, 쌀을 길러 낼 수 없는 토양, 종이를 빛내는 공백.

이 폐허의 이미지에는 둥그렇고도 부서진 지붕이 있고, 지붕의 구멍에서는 더는 작아질 수 없는 입자가 된 오늘이 하강한다. 오늘은 너그럽고 부드럽다. 어디로도 향하지 않기 위해 탐욕스럽게 팽창한다. 넓고 사라지지 않는 점이 된다. 네 명의 신은 네 개의 벽이자 나를 감춘 사면의 책꽂이다. 나는 새벽마다 귀퉁이가 스러진 서재에서 잠든다.

나는 이야기를 만드는 자가 숨긴 연약한 환상. 유년의 결벽증. 나의 주위는 고요하다. 그러나 나는 폐허의 벽 너머에 나이든 여인이 배회 중이라는 것을 안다. 그와 나 사이를 가로막은 벽은 말수 적은 신처럼 무심하다.

살아 있기 위해서는 고백들이 필요하다.

벽 너머 늙은 여인은 나를 손아귀에 넣으려 꼬드김을 던지듯 고백한다.

너를 살려내기 위해 나는 긴긴 시간을 바쳐왔지. 자꾸만 달라지는 너를, 전생과 생애를, 아껴 온 깊은 밤을, 어느 새벽 눈을 뜨고 마주하는 첫 어둠의 환한 인상을.

여인은 나지막이 입을 열어 여럿의 말로 수런거린다. 그가 쓴 이야기에 관해, 쓰지 못한 이야기와 온갖 아침 눈을 떠 맞이하는 최초의 인상에 대해.

저 늙은 여인은 시간의 포로이자 무덤에서 걸어 나온 나의 연인이다. 나는 앓는 듯한 웅얼거림으로 이루어진 그의 사랑에 의해 영원에 틈입한다.

늙은 여인은 끊임없이 외벽을 배회하며 여기, 내가 깨어나 있는지를 묻는다.

네가 거기에 있다는 것을 안다고, 그는 결백을 위해 긴 긴 시간 새벽을 헤매어 왔다고. 이번에도 다음에도 오직 나만을 발견해 낼 수 있다고.

여자는 열기로 쇠약해진 목소리가 되어 수상쩍은 사랑을 속삭인다.

그가 이야기를 마치기 전에 밤은 끝을 향하고, 끝에 닿지 않는 밤은 환해지며 물결처럼 다시 밀려온다. 나는 시작되지 않고 끝나지 않는 이야기다. 잠에서 깨어난 여자가 눈에 담는 첫 벽의 무한한 인상이다. 더 이상 작아질 수 없는 글씨들이 나를 덮는다. 여자의 말은 비료이고 흙이며 물이다. 투명하고 검다. 차갑고 희다. 여자의 말은 무덤에서 유정이 흔들리는 휘파람을 불며 걸어 나오는 최초의 이야기다.

네가 거기 있다는 것을 알아. 나는 너를 되살려내기 위해 긴긴 밤을 베어내어 물소와 황금과 보리 이삭을 길러냈지. 나의 나라는 말로 된 칼에 잘려 몇 개의 덩어리로 나뉜 채고, 나는 나뉘어진 모든 이야기들을 영영 단 하나의 이야기로 읽고 마는 저주에 걸려 있지. 긴긴 낮과 밤에 걸쳐 되풀이되어 온 유일한 이야기. 나는 너를 되찾으려 긴긴 낮의 물레 속에서 실이 되고 옷감이 되었다. 너는 내가 잃은 수의이고, 내가 태어나며 웅얼거려 죽인 나의 침묵이야. 잃어버리고 잃어버린 사랑이야.

나는 늙은 여인의 쉴 새 없는 수다를 등지고 앉아 사람이 아닌 것의 목소리를 이끌어 낸다. 서재에 갇힌 나의 목소리는 그에게 닿지 않는다.

나는 조용하지 않아요. 나는 당신을 알지 못하지만 멀리, 당신이 웅크린 풍경을 볼 수 있죠. 어린 당신은 얼룩져 따분해지거나 슬퍼지고 만 말들을 겹쳐 놓죠. 무료해지자 당신은 견디지 못하고 달아나고 말았지만, 나는 그런 말들 가운데에서도 태어날 수 있죠. 나는 사람이 아니므로 어디서든 영원히 당신을 기다릴 수 있죠. 멀리, 달아나는 당신이 보여요.

그는 나의 말을 듣지 못한다. 그의 말은 메아리쳐 들려오는 나의 말처럼 들린다.

나는 너에 대해 쓰는 오래된 운명의 주인이지. 내가 처음 너를 알아챈 것은 어린 시절이었어. 그때 나는 잠에서 깨어나며, 걸음을 걸으며, 말을 뱉으며 너를 보았지. 너를 더 오래 보기 위해 나는 수업을 마칠 때마다 조용해졌어. 모든 침묵은 이야기지. 나는 너를 위해 무엇도 배우고 싶지 않았어. 모든 것을 배우기 위해.

배우지 않으면 아무것도 배울 수 없죠. 모든 것을 배우고 싶어 하는 건 두려움에 대한 고백이에요. 당신은 오래된 믿음을 배회하는 빈곤한 유령 같군요.

나는 너를 잃고 싶지 않아 어떤 우정 앞에서도 너에 대해 털어놓지 않았지. 너는 내가 지녀온 가장 오래된 비밀, 부를 수 없는 이름, 뒤를 돌아보아서는 안 되는 지하의 길, 내가 떨쳐내지 못한 환희지.

당신은 나를 잊고, 더 잊기 위해 걸음을 멈추지 않죠. 영원의 손아귀에 발목을 내주지 않는 미궁 밖의 웅성거림으로 남기 위해.

그는 내 말을 듣지 못한다. 나는 그를 연민하기 위해 숨을 쉰다. 그는 쇠약하고, 열기를 배태하는 목소리를 갖고 있다. 그의 우울은 생기 넘치는 물구덩이. 거기서 자라나는 세 알의 콩, 연필, 손가락들.

거기 네가 있다는 것을 내 두 눈으로 보고 싶구나. 그건 내 오랜 바람이었지. 다른 누구보다도 낡고, 나를 망가뜨릴 소망. 나는 너로 인해 여기에 있지.

나는 이따금 그런 말을 하는 당신을 잊죠.

슬픔은 내게 언제나 너를 기억하게 하지.

당신의 이야기는 나를 잃어버리고서 비로소 다시 시작되죠. 빈자리가 없으면 당신은 내가 사라졌다는 것을 알아채지 못하죠.

나는 너를 위해 이야기를 만든다. 나는 너를 만나기 위해 이 이야기를 지었어. 잊기 위해, 되찾기 위해, 너를 되살리기 위해. 너는 시간의 물레이고 너를 껴안는 것은 언제나 너를 잃는 일이지.

여인의 중얼거림에 나는 스스로가 포획되는 몸처럼 느껴진다. 나는 여기 온전히 머물고 있으므로 나이든 여인의 낡은 몽상에 스스로를 내어주고 싶지 않다.

나는 여기 있어요. 돌아와 되살아나기를 바라는 것은 내가 아니라 당신 같군요.

되돌아오는 것은 이상한 말이다.

내가 이미 떠난 자가 아니라면 왜 이토록 절실히 살아 있고 싶다고 생각하겠어?

여인은 듣지 못하면서도 나의 말에 답하듯 속삭였고, 나는 그 우연에 섬뜩해져 답하기를 그쳤다.

처음으로 분명한 기억 하나가 떠올랐다.
끊어지지 않는 밧줄을 더듬어 하늘이 낮아진 곳으로 걸어 들어가는 한 여자에 대한 기억이었다.
여자는 내가 아니다. 나의 기억은 나를 넘어서 내가 아닌 사람을 그려낸다. 나는 몸뚱이가 뜨거워지고 곳곳에서 따스한 물을 뚝뚝 흘린다. 나의 가지는 불현듯 오그라들어 원래의 모습을 잠시 잊는다.

밧줄 끝에서 여자를 기다리는 것은 괴물이다. 괴물은 거대하고 광폭하며 머리에 두 개의 뿔을 지녔다. 그 얼굴은 눈을 떴을 때와 감았을 때가 사뭇 다르게 보인다. 잠이 들 때면 괴물은 눈을 힘주어 감는다. 다시는 뜨고 싶지 않은 듯 눈꺼풀을 아래로 짓누른다. 사라진 이들 사이에서 태어난 자손인 그는 잠든 동안 두 종족의 꿈을 꾼다. 눈의 뒤편에서 이형의 꿈들을 뒤섞는다.

너는 괴물이야.

나는 잠시 나를 그렇게 불러본다.

너는 잊기 위해 탄생하는 기억이야.

나는 여인이 나를 기억하듯 그를 기억해 내고 싶다. 그러나 기억나는 것은 온전한 사랑뿐이다. 조각나는 것은 없다. 작아져 더는 부서지지 않는 글씨들이 나를 덮는다.

나이든 여인의 저주 같은 말들을 피해 나는 몇 권의 책을 꺼내 읽었다.

처음으로 읽은 것은 모험에 대한 글이었다.

한 여자가 머나먼 곳으로 모험을 떠난다.

그것을 이해하기 위해 나는 이 낡은 곳의 봉우리로 향했다.

책의 끝에 이르렀을 때, 나는 그가 되돌아갈 곳을 알기 위해 탄생했다는 걸 알아차렸다.

집이란 무엇을 뜻하나. 책의 여자에게 집은 단 두 줄의 글을 위한 장소였다.

—여자는 집으로부터 나와 모험 길에 올랐다

—여자는 다다랐다

나는 달아나기 위해 책을 읽는다. 또 다른 책에 쓰인 것은 믿음을 흙에 묻는 사냥꾼 여자의 이야기다.

사냥을 마치고 돌아온 여자는 동생에게 묻는다. 너는 네 몫의 곡식을 어떻게 했니?

그들은 굶주리고 지쳐 있다. 동생은 자신이 가진 것을 전부 신에게 바쳤다고 답한다. 언니, 신전으로 가 봐. 거기 엔 내가 준 사랑과 내가 받은 사랑이 함께 있어. 나는 신에게 사랑받기 위해 가장 소중한 것을 바쳤어.

여자는 그곳으로 가서 거기 놓인 음식을 먹고, 마당에서 불을 피워 고기를 굽는다. 굶주려 있던 동생이 언니의 불을 보고 다가온다. 동생은 불 속으로 손을 내밀어 고기를 꺼낸다. 여자는 동생의 옷깃에 붙은 불을 보고도 비명을 지르지 않는다.

아무도 옷깃의 불을 끄지 않는다. 고기는 아무리 먹어도 줄어들지 않는다. 여자는 신이 동생이 아니라 자신을 사랑한다는 사실을 알고 있으나 그 비밀을 입에 담지 않는다.

동생의 곡식 위에서 파리가 윙윙거린다. 동생은 그것이 꿀벌의 소리라고 말하지만 여자는 단 한 번도 진실을 알려주지 않는다.

나는 굶주림을 모른다.

나는 꿀의 빛깔을 기억한다. 외피를 잃지 않은 과실이 얼마나 아름다운지를.

동생은 질문이 없는 믿음을 지녔다. 여자는 늙은 동생이 마지막 식사를 마치자 그들이 평생 지녀온 사냥칼로 동생의 몸을 열어 씹힌 고기와 믿음을 꺼낸다.

주검과 고깃덩어리와 믿음을 땅에 묻고 난 다음 해, 그들이 묻힌 흙에서 쌀과 콩이 자라난다.

여자는 거둔 것으로 떡을 지어 자손들을 배불리 먹인다.

그는 신과 결혼해 아홉 명의 자식을 낳았으나 그들 중 누구에게도 동생의 이름을 물려주지 않았다.

믿음은 지금도 여자의 서랍 속에 들어 있다.

여자는 아무도 자신을 보지 않을 때에만 서랍 속에서 믿음을 꺼낸다.

믿음은 밤을 밝히지 못한다.

믿음이 숨겨진 여자의 섬에는 영원히 아침이 오지 않는다.

이곳은 불안도 기쁨도 머무르지 않는 한밤과 한낮의 정거장. 연인의 목소리가 멀어진다. 그는 어디론가 달아나는 중이다. 기나긴 습관을 따라 달리며 스스로 묻어 감춘 것들을 찾아 헤맨다.

날이 밝아올 무렵 눈을 뜨니 한 젊은 여자가 나를 바라보고 있었다.

여자는 찢어진 옷을 입은 채였다. 잿빛 머리칼을 지닌 젊은 여자의 이름은 시절이다. 여자는 니를 향해 걸어오다가 멈춰 서서 내게 작은 칼을 겨누었다.

나는 여자에게 물었다.

"어디서 들어온 건가요? 거기엔 문이 없는데요."

여자는 경계심 어린 눈으로 나를 노려보았다.

"문은 다 부서졌어. 내가 지나온 순간 망가져 버렸어."

우리는 겁에 질려 사나워진 얼굴로 서로를 응시했다.

나는 그의 얼룩덜룩한 발을 알아차렸다. 긴긴 낮과 긴긴 밤으로부터 도망쳐 온 여자의 발은 몹시 더러워져 있었다. 발톱은 깨져 피가 흘렀다.

"아무것도 모르겠어. 너무 피곤해."

여자는 비틀거리며 나로부터 조금 떨어진 곳에 주저앉았다.

"부디 네가 이상한 사람이 아니길 바라."

"나는 사람이 아니에요."

"그런 건 한눈에 알 수 있지. 어쩌면 나는 너의 그 두렵고도 환한 얼굴을 잊으려 긴긴 오후를 헤매어 왔겠지. 나는 분명 다음 생에도 너를 찾아낼 수 있어."

여자를 사로잡는 미몽에 나는 그가 누구인지 기억해냈다. 그는 저 외벽 너머를 헤매다 영원에 틈입한 손님이다.

내가 기다려온 불면의 일꾼, 언덕과 비탈을 걸어 나온 나의 연인이다.

종이와 종이 사이 머무는 꿈, 환한 공백에 묻힌 잠든

곤충, 점이 되려 온몸을 바친 시간의 글씨다.

　1
　나는 헤매기를 그만두고 싶지 않았다. 이토록 깊은 잠에 든 것은 오랜만이었다. 잠은 나를 부드럽게 감싸다가 어느 순간 나를 옭죄어 짓누른다. 가장 깊은 다정이 나를 어딘가에 내던져 두고서 문을 잠근다. 나를 깨우려 흔드는 손과 나를 잠재우는 손은 하나의 몸뚱이를 지닌다. 그는 나로부터 사람을 지워 남겨진 사랑이다.
　나는 언제까지고 잠을 잘 수 있을 것 같고, 잠 속에서 나는 온전히 깨어 있다.
　이것은 긴긴 오후의 희미한 몽상이다. 수업이 끝날 때마다 책상에 고개를 묻으며, 책꽂이의 먼지를 털어 내며, 동전에 어린 왕의 옆얼굴을 새기며 이따금 기억해 낸 유년이다.
　그는 내가 깨어나기를 기다려 내게 자신을 알아볼 수 있겠느냐고 묻는다. 그의 말은 메아리가 된 나의 말처럼 들린다. 우리의 목소리는 잠시 동안 거의 하나에 가까워진다.
　괴물은 말한다.
　"당신은 내가 오랫동안 기다려온 나의 사랑이죠. 당신

은 수업이 끝날 때마다 나를 만나기 위해 책상에 머리를 묻었고, 답을 기다리는 사람에게 이따금 아무것도 쓰이지 않은 종이를 건넸죠. 당신이 쓰지 못한 글씨들은 온통 나의 이름들이죠."

나는 말한다.

"그럴 리가 없어. 나는 늘 진실을 알고 싶어서 긴긴 낮과 긴긴 밤을 들여 쓸 수 있는 모든 것을 써내려가 왔는걸."

나는 언제까지고 늘어놓을 수 있다. 여기 다다르기 위해 내가 떨구고 놓치며 주워든 것들의 이름을 부를 수 있다.

"당신은 거짓말쟁이로군요. 아니면 기억을 잃은 것이겠죠. 기억을 씨앗처럼 흙에 묻어 감추었거나."

그는 낭만처럼 낙화처럼 나를 본다. 그의 눈은 다정, 우리를 위해 환하기를 고르는 불빛이다.

"이곳에 다다랐으니 이제는 어디로 갈 건가요?"

나는 그를 만나 비로소 그가 그리움을 향해 태어난 괴물이라는 것을 기억해 냈다.

"나는 당신의 연인이에요. 오랫동안 그래 왔고 앞으로도 그럴 거예요."

괴물의 고백에 나는 미안함을 담아 답한다.

"나는 이 비밀들의 무덤을 떠날 거야. 저 밖에는 나를 붙잡으려 미궁의 입구를 찾는 노파가 있지. 그는 잊혀진 초상화로부터 걸어 나온 어린 날이야. 내가 잊어버린 것들은 그의 믿음이고, 그의 믿음은 나의 슬픔이지. 두고 온 앳된 노래들."

"또는 말로부터 달아난 말들."

"말로부터 걸어 나온 살아 있는 이별들."

"끝에서 시작되는 끝들."

나의 연인인 이 괴물은 언제까지고 말을 지어낼 수 있는 이야기의 물레다. 그의 말은 집요한 허기다. 나는 통증 같은 배고픔으로 몸을 웅크린다.

"말장난은 여기서 끝이야. 나는 여길 떠나야만 해. 우리가 만난 순간부터 너와 나는 모험을 떠나는 운명에 처하지. 나는 너를 잃고, 너를 되찾고, 젊은 날을 탕진한 후에야 너를 잃은 슬픔을 똑바로 눈에 담을 수 있겠지. 평온과 덜그럭거리는 하얀 뼈 말고는 남은 게 없는 몸이 되어 너를 찾아 헤매겠지. 이 모험은 그런 이야기야."

"흰 뼈를 가진 사람은 없어요. 뼈들은 온통 검고, 누렇고, 잿빛과 음산한 붉은 빛으로 얼룩덜룩하죠. 맞출 수 없을 만큼 찢어진 종잇조각처럼. 당신의 이야기는 허무맹랑하군요."

"너는 허망한 괴물이지."

"나는 당신을 기다려왔어요. 나를 잊어 다시 내게로 되돌아올 수 있기를."

그는 기다림을 말하려 네 개의 벽이 된 네 명의 신을 섬긴다. 신들은 우리를 붙드는 지난날이다. 그들은 모든 이야기들로부터 단 하나의 이야기를 읽어 내는 축복으로 이곳을 지킨다.

"나는 잃어 가는 것을 지키기 위한 여정에 올라 있어. 어쩌면 너를 더욱 온전히 기억하기 위해."

"기억해 내서 더욱 온전히 잃기 위해?"

나는 괴물의 물음에 답하지 않는다.

나는 우리가 이곳을 떠나 기억이 사라진 땅으로 향할 것을 안다. 우리는 신들의 머리를 밟고 태양 가까이로 기어오른다. 괴물의 몸에서 태양빛에 녹아내린 조각들이 흐른다. 텅 빈 바다에 잠긴다.

저 먼 땅에 나의 어린 아침이 있다.

우리는 서재의 부서진 지붕을 기어올라 되풀이되는 유년을 향해 걷는다.

2

여자가 쓴 것은 어느 유령에 대한 이야기다. 유령의 어린 시절은 되풀이되는 믿음으로 메워진다. 시간이 스러지고, 침묵 뒤의 소란이 침묵하고, 되돌아보는 순간 빠져나갈 수 없는 지하의 길이 길어진다. 길의 끝에 시작이 있다. 끝에 대해 쓰면 시작으로 읽히고 시작에 대해 쓰면 끝으로 읽히는 순간에, 나의 이야기가 있다.

유령은 저주에 헌신하며 온갖 얼룩을 껴안는다. 그는 영원의 몰락과 부활을 위해 공상된 존재이므로 어떠한 슬픔에도 사로잡히지 않는다.

여자는 나른하고 나긋나긋한 유령의 희생에 대해 들뜬 목소리로 떠든다.

"나는 나의 영광을 위해 이야기 속에서 나를 희생시켜. 모든 것을 이해하고 모든 것에 헌신하지. 더없는 평온 속에서 나는 비로소 사람의 굴레를 떠나 유령이 된다. 피할 수 없는 사랑에 빠져 그로 인해 불길한 운명을 점지 받지만 무엇도 슬퍼하지 않는다. 태어날 때부터 상념에 잠겨 환희를 배운 나는 한없이 너와 닮아 가지. 너는 내가 이야기로 쓴 나이고, 이야기에 간직한 나야."

"하지만 나는 사람이 아니죠. 나는 당신이 쓴 이야기를 떠나며 비로소 내가 되어요."

"욕심 사납고 순지한 괴물아, 너의 말은 궤변이야. 그럼 이야기에 남은 것은 누구지? 저기 드리워진 엷은 도시는 무엇의 허물이지? 저들은 모두 저렇게나 너를 닮아 있는데."

여자는 나의 답을 기다리는 시늉을 하며 문지기들을 바라본다. 여자를 알아본 문지기들은 수런거리며 그림자가 된다. 그들은 덧씌워진 멍에에 굴종하며 기약 없는 배반을 기다리는 중이었다. 나는 그 얼굴들로부터 나를 향한 적개심을 발견했다.

"저들이 지키는 도시는 당신이 만든 나의 유령이죠. 태어날 때부터 나와 당신의 초상이 되기 위해, 우리로부터 달아나는 소녀에 대한 글. 무한한 유년과 거기 겹친 끝없는 노년으로 이루어진 당신의 평온."

"소녀와 체념에 대해, 사랑과 저주에 대해 이야기한 이가 나라는 것은 부정할 수 없는 일이야. 내가 써내려 간 소녀는 지금 이야기의 한복판에 축복 받은 상실이 되어 누워 있지. 붉은 뺨과 생기어린 무표정을 지니고서 헤매는 자들을 기다려. 그는 나이고 나는 그인 듯 보이지만, 얼핏 그렇게 보이는 순간은 곧이어 다음 이야기에게 집어삼켜지지. 나의 유령은 자식을 먹는 시간의 왕이고 나는 나를 먹기 위해 글을 쓰지. 긴긴 오후의 허기를 달래기 위해."

여자는 자신이 만든 소녀와 거의 영원에 가까워진 기다림을 떠올리고 짧은 기쁨에 잠긴다. 나는 그에 대한 연민으로 서글픈 아침을 꾸며냈다.

"그래요. 당신이 만든 것은 거의 당신이나 다름없군요. 그것이야말로 당신이 바라던 일 아닌가요?"

그러나 여자는 나의 거짓에 섞인 연민을 알아채고 부끄러움으로 얼굴을 붉혔다.

"그건 거짓말이야. 내가 한 말을 듣지 못한 거니? 내가 너를 사랑한다고 해서 내가 아둔하기만 한 것은 아니지. 어떤 사람도 이야기가 될 수는 없다. 쓰는 동안에는 잠시 영원 같아지지만 내가 될 수 있는 것은 영원이 아니라 사랑뿐이지. 나는 너를 만날 운명의 주인이고, 너는 나를 사랑하기 위해 태어나 내 곁에 머물지. 마치 내가 그러하듯. 그러니 저들의 눈에 우리는 거의 한 몸처럼 비칠 테지만, 그렇다고 네가 너무 의기양양해할 필요는 없어. 우리는 앞날을 피할 수 없으니."

여자는 나와의 설전에 무료해진 듯 성문으로 다가갔다. 나는 그가 잘못 생각하고 있다는 것을 굳이 지적하지 않았다.

여자는 잃기 위해 모든 것을 움켜쥐는 찬탈자다. 그가 염원하는 것은 그가 끝없이 무심하게 내던지는 영원이다. 다행히 그는 아직 누구도 이야기가 될 수는 없다는 진실을 잊지 못한 채였다.

그러나 곧 다시 모든 것이 잊히고, 그는 다시금 스스로가 될 것이다.

그는 이야기를 거머쥐려 되풀이되는 사랑의 외벽을 헤매는 기다림이다.

닫힌 문 앞에서, 나이든 여인이 젊은 여인에게로 다가오는 것이 보인다. 그는 자신에게서 달아나며 자신을 사냥한다. 그들은 유년 가운데 탄생하는 결말의 단서다. 처음과 끝이 이어지는 긴긴 밤과 긴긴 낮의 운명이다. 나는 그들의 불사하는 사랑이다. 불멸하는 사랑에 비친 여자는, 늙음을 향해 번지는 점이자 젊음을 향해 작아지는 슬픔이다.

이 쌍둥이 이미지에는 끝나지 않는 외벽이 있고 벽에는 슬픔의 살로 이루어진 문이 있다. 문은 우리가 숨긴 언덕의 열매이자 지하의 석류, 숫산양이 낳은 아들, 여름비에 젖는 보도블록, 주인 잃은 산소의 고구마 밭이다.

여자는 이야기의 입구를 지키며 나를 들여보내지 않으려 하는 문지기들을 조그만 칼로 협박한다.

"이 괴물은 나의 연인이야. 우리는 이따금 전혀 다른 이처럼 보이지만 실은 거의 하나나 다름없지. 그는 거의 내 것이지. 나는 거의 괴물이 되어 버린 실타래고, 그는 나를 위한 영원한 물레지. 그러니 너희는 우리를 들여보내기 위해 만들어진 입구를 열어야만 해. 그것이 너희가 이곳에 있는 유일한 이유이니."

웅성거리던 문지기들이 주눅 든 눈으로 증오하며 나를 바라보았다. 그 눈에 나는 그들을 엉망으로 만드는 시간의 엉킨 뭉텅이였다. 내가 걷는 곳에는 걸음이 없고 내가 달아나는 곳에는 나아갈 곳이 없다. 그들은 여자에게서 뒷걸음질로 물러나며 알아듣기 쉬운 몇 마디 변명을 더듬거렸다.

그들이 물러난 길을 따라 걸어 들어온 것은 물결처럼 나이든 여인이다.

연인은 내게 말한다.

나는 너를 위해 긴긴 밤과 긴긴 낮을 짓뭉개며 누울 자리를 두리번거려 왔지. 덜그럭거리는 발목과 딸그락거리는 머리카락을 섬기며 동굴에서 쑥과 마늘과 파슬리와 당근을 먹었지. 끓는 물로 무를 삶고 방공호의 전구 불빛으로 천을 빚었지. 나의 침상에는 죄와 기대를 잃어버린 유령이 누워 있고 너는 혓바닥을 날름거리는 늙은 왕이야. 너는 네가 낳은 자식들을 배 속에 가두고 너의 사령과 한 몸이 되어 온순한 바다의 밀물처럼 거품으로 해안에 밀려오지. 부드러운 서풍이 너의 손가락을 멈춘다. 너는 잠시 사람의 말로 웅얼거리며 탐욕스러운 구애의 몸짓을 보이지. 나는 잠시 네가 되어 너의 연대기를 악기 속에 감춘다.

한 쌍의 여자가 슬픔으로 텅 빈 안구 속에서 희번덕거리는 어둠을 휘두른다. 젊은 여자는 자신의 늙은 얼굴을 보며 겁에 질려 접이식 칼을 딸각거린다. 그가 나를 움켜쥐고 성문으로 달려가자 그가 만든 이야기는 우리를 두려워하며 물결처럼 뒷걸음질쳐 물러난다.

너는 내게로 실수처럼 운명처럼 넘쳐흐르고 싶어 하지. 머뭇거리는 북풍이 너의 손가락을 감싼다. 너는 바람이 낳은 한 쌍의 자식이고 통증을 뿌리치며 달아나는 호랑이이자 영원을 굴리며 균형을 잡는 사슴이야. 나는 열두 개도 더 되는 너의 이름을 종이 가운데 감춘다.

나의 연인은 말을 읊기 위해 만들어진 물레다.

나는 두려움으로 축축해진 이야기의 외벽을 따라 비틀거린다. 잠든 그 잔등에 가지를 뻗어 검고도 희며 하나의 점 또는 무수한 점들처럼 보이는 잎사귀들로 이야기의 입구를 더듬는다.

나는 말한다.

당신이 보는 내가 숲을 닮은 것은 당신이 폐허를 뒤덮는 포자와 씨, 생명을 두려워하기 때문이죠. 그러나 나는 멈추지 않아요.

더듬거리던 문지기들이 늙은 여자를 보며 웅성거린다.

오래된 약속처럼, 늙은 여자가 내게로 걸어와 나의 가지를 베어문다. 이야기로 들어서기 위해서는 끝이 없던 문장의 결백을 훼손해야 하기 때문이다.

나의 노래를 따라 강낭콩과 흰 쌀죽, 검은 조약돌들, 황소와 숫사슴, 강물, 뜨거운 기름, 붉은 닭과 붉은 달, 미역귀와 수초, 갓 뽑힌 배추 몇 포기와 둥그런 양파, 첼로, 따개비, 불멸하는 개의 영혼이 쏟아진다.

그들 모두가 나의 나직한 음성을 따라 밤의 바닥을 구른다.

여자의 떨리는 목소리가 온갖 것들의 밑바닥에 길을 낸다.

"그는 나의 연인이야. 내가 아직 잊지 못했고 기억해 내지 못한 괴물이야. 저 이야기의 매립지 너머 무덤처럼 둥그런 언덕 어딘가에는 우리의 기억이 가죽 염소처럼, 진자

석류처럼, 풀무 깃발처럼 메여 있다. 그와 나는 땅 아래로
갈 거야. 여기서 가장 높은 곳으로."

그것은 늙은 자의 것 같기도 하고 젊은 자의 것 같기도
한 음성이지만, 어느 것이든 사람의 말이다.

늙은 자와 젊은 자가 물어뜯긴 상처를 앓는 나를 사이
에 두고 옥신각신한다. 그들은 이따금 서로의 얼굴에서 잊
고 있던 스스로를 발견하고 멈칫거린다. 그러나 멈칫거리
던 일 초 뒤의 일 초가 침몰하고, 스러지는 도취 가운데 그
들이 있다. 그들은 이윽고 놀라움에 익숙해져 잠시 허탈해
진다.

나는 늙은 여인이 나를 베어 문 자리에 남은 동그란 잇
자국 또는 입 자국을 본다. 거기 고인 것은 우리의 시간이
었다. 빈자리와 통증을 끌어안는 순진한 여정.

"이 상처는 지금부터 나를 좀먹기 시작하겠지요. 시
궁창의 시궁쥐들처럼 이따금 그들이 없다는 말에 둘러싸
여, 사라진 지 오래인 듯 보이면서도 집요하게 나를 오가겠
지요."

젊은 여자가 스스로에게 작은 접이식 칼을 겨눈다.

"너의 그 간절한 허기."

"나를 대신하는 나의 없앨 수 없는 탐욕."

나이든 그의 얼굴이 희고도 검으며 붉기도 하여 얼룩

덜룩해진 그의 뼈를 덜그럭거리며 칼의 반대편으로 물러난다.

그것은 사람의 걸음이다. 나의 사랑은 그런 걸음으로 분열된다. 분열은 그가 가까스로 닿는 유일한 영원이다. 나는 그를 기다리는 잇자국 남은 축축한 살점이다.

나는 사랑하는 사람을 따라 석상이 된 문지기들을 지나쳐 돌의 뜰로 들어선다. 이 도시의 문은 우리를 위한 깨진 구멍이다.

늙은 여인이 물어뜯은 상처에서는 영롱한 호박색 즙이 흘렀다. 젊은 여인은 우리가 유령만이 갈 수 있는 지하의 뜰에서 몇 알의 열매를 되찾아야 한다고 말했다. 그 열매는 우리가 막 지나쳐 온 최초의 문이다.

여자는 영원으로 옷을 빨아 구정물을 흘리는 어린 왕이다. 그는 가진 것을 잃어 스스로를 갖는다. 사랑에 휩싸인 나는 그의 곁에서 침묵하는 저주가 된다. 우리는 내던져진 이야기를 되살리려 슬픔의 찢긴 살 가운데로 기어든다.

3
우리는 발목이 없는 발이자 말이 만든 마차, 연료가 된

비행선, 시간을 잃은 시간이동 장치에 우리의 누추함을 숨겼다.

나는 괴물의 눈동자를 들여다본다. 그의 눈은 문득 시간의 안쪽에서 흐르는 물을 보고 물결 가운데서 씨앗 뿌려진 흙을 찾고 있다.

"너는 나를 닮은 듯 보여. 나의 말은 우리를 위해서만 쓰이는 듯도 하구나. 네 상처는 너를 언뜻 사람처럼 만들지. 눅눅해지며 살아나는 나의 생기어린 몸뚱이를 보렴. 너는 네 진액으로 흠뻑 젖어 마치 발목이 튀어나오는 침대에 누운 사람이나 물이 부어진 화초 같구나."

연인의 상처는 향기롭다. 우리의 자리는 곧 그의 상처에서 생겨나는 흘러내림으로 축축해진다.

"너로 인해 이 길은 가장 오래된 이야기들 위로 겹쳐 놓이지. 얼룩덜룩한 신화와 무구한 기도에게로."

"당신의 말은 종이 위를 기어가다가 끝을 찾지 못한 날벌레 같군요. 멀리, 점이 되려 웅크리는 당신이 보여요."

괴물의 음성은 부드럽고도 사랑이 넘쳤다.

사랑과 영원은 미궁으로 기어드는 날벌레다. 우리를 엮는 위이자 아래이며 왼편이자 오른편인 실이다.

기억되지 않은 유년이 되풀이되는 벽으로 이루어진 도시를 열어젖힌다. 말발굽으로 벽을 짓고 석탄으로 창을 내어 내가 쓴 탄생으로 우리를 이끈다. 이야기의 공동 정원에 누워 있는 것은 탄생이 유예된 소녀다. 그의 삶은 이미 쓰여졌으나 그는 이미 쓰인 모든 것에 무관심하다.

나는 말했다.

"그리움의 왕국에서는 너무 넓은 뜰을 가질 수 없지. 달구어진 고가 도로와 쉽게 꺼지는 휴대폰, 언젠가는 이런 말들도 사라지겠지. 날아가는 공과 되돌아오는 공, 나는 아무튼 나의 이야기에 어떤 제물을 바쳐야 하는데 제사장은 비리로 비굴해졌고 나는 죽음이 싫어서 채식주의자가 되어 간단 말이야. 내 이 오랜 사랑은 나를 의기소침하게 만들지. 의기소침의 다차선 교차로에서 나는 잠시 행복해지지. 이야기의 입구를 찢는 찢겨진 너는 어김없이 나를 닮아 보이는구나."

괴물은 잇자국이 남은 상처를 누르며 온순하게 헐떡거린다. 여기, 그는 더없이 유순한 사랑의 물레다. 그는 말한다.

"그건 오로지 이 길에서만 가능해지는 가엾은 당신의 착각이죠. 나는 사람이 아니고 당신은 끝으로부터 되돌아오는 사람의 몸이죠. 우리는 찢겨진 몸뚱이로 들어서는 찢겨진 입구에서 이토록 서로를 사랑스럽게 마주보죠. 당신이 영원을 사랑하는 건 영원이 당신을 사랑하기 때문이에요."

그는 자신의 누설에 불안해져 헐떡이며 상처를 헤집는다. 그는 겁에 질린다.

"당신은 나를 위한 열두 개의 손과 열두 개의 발이죠. 혹은 수의를 기웠다가 풀기를 반복하는 일곱 덩이의 바위죠."

"혹은 얼룩덜룩한 뼈."

"절대로 사라지지 않는 지문들."

"온도와 위상공간."

"위계와 교차하는 시선들."

그는 중얼거리다 말고 상처를 짓누른다. 그의 열린 몸 안쪽에서 몇 권의 책과 바다와 새의 발톱 자국이 보인다. 그는 내가 일어나 마주하는 첫 벽의 무한하고 환한 인상이다. 거울을 만드는 수공업자이자 유리문을 깁는 조향사다. 그는 물을 것이다.

"당신은 몸속에 무엇을 넣고 그곳으로 숨어들 건가요?"

그가 응시하는 나의 웅얼거림은 지상이자 지하인 도시다. 텅 빈 몸을 닮은 우리의 영지로는 텅 빈 몸으로 들어설 수 없다. 나는 태어날 때부터 내가 되던 오랜 부끄러움에 짓눌려 시치미를 뗐다.

"사람의 몸속에 넣어 다닐 수 있는 건 인공 장기나 인공 혈액 같은 귀중한 것, 혹은 그가 버려야 하는 것들뿐이란다. 아니면 골목 끝에서 돌연 커지는 고양이 다툼 소리 정도겠지."

괴물은 잠든 듯한 눈으로 고개를 돌린다. 그는 사랑의 열기로 내가 몸을 열어 접이식 칼과 몇 권의 책을 숨기는 것을 보지 못하는 시늉을 할 것이다. 종이 나비들이 날갯짓한다. 몸속을 날아오른다. 내가 영원을 꿈꾸는 것은 영원이 나를 사랑하기 때문이며, 그로써 이 길은 사랑으로 인해 잠든 시늉을 하는 눈과 협잡, 눅눅함, 온순한 바다의 밀물, 모든 이야기를 단 하나의 이야기로 읽고 마는 저주로 접어든다.

접이식 칼이 딸각거린다. 나는 연인의 탄생에 대해 쓸 것이며 그 이야기는 하염없이 영원에 가깝다. 이제 나는 다음 생에도 그를 찾을 수 있다.

나는 내가 쓰다 만 책을 펼쳐 읽는다.

한 소년이 소녀를 사랑하여 그의 초상화를 그리기 시작한다. 소년의 아버지는 그 그림을 가장 큰 돈을 지불한 부자에게 판다.

부자는 초상화를 마음에 들어 하며 매일 밤 그것을 들

여다보았다. 어느 날부턴가 부자의 얼굴은 초상화의 소녀와 조금씩 닮아 갔다. 얼굴의 주름이 변하고 눈동자의 탁한 빛이 옅어졌다. 그는 매일 밤 초상화를 들여다보며 조금씩 어려져 갔다.

어려지자 많은 것을 잊게 되었다. 잊게 될수록 그는 점점 그림을 따분해하게 되었다.

어느 날 전염병이 돌자 세 명의 어린 아이만이 도시에 남겨졌다. 소년의 아버지가 죽자 장례식에서 아이들은 모두 큰 소리로 울었다.

부유하거나 그렇지 않은 두 소녀는 서로 몹시 닮아 있었다. 소년은 둘 가운데 누가 자신의 진짜 사랑이었는지 기억하고 있었다.

절대로 잊지 않을 것이라 믿었다. 믿음은 온전한 그의 것이었다.

불멸하는 믿음의 저주를 받은 지주. 그는 덤불에 찔리는 순간 영원한 잠에 빠진다. 잠들게 된 그는 잠 속에서 여러 꿈을 마주친다.

꿈들은 영롱하고 부서지지 않는다. 그는 꿈을 붙잡아 그 손등에 입 맞춘다. 꿈의 손가락에 끼워진 반지는 그들의 눈물이다.

사랑은 사랑이 깨어나길 기다리며 그의 뺨을 쓰다듬는다.

여기, 내가 무언가를 말하려 한다면 그것은 삶에 대한 고백이어야만 한다.

나는 웅얼거림 한복판에 평온을 위해 태어난 나의 유령을 눕혀 두었다. 연인과 나는 닮아 있지만 쌍둥이의 왼쪽 뺨과 오른쪽 뺨의 서로 다른 점처럼 다르다. 낡은 공백의 오른쪽 페이지와 왼쪽 페이지 얼룩처럼 같지 않다.

내가 사랑하는 나를 사랑하는 사랑스러운 영원을 베낀 유령의 얼굴을, 내가 연인을 위해 쓴 이야기를, 나는 들여다보고 싶어진다.

길은 여기서 끝나며 시작되었다.

내가 줄곧 나를 누이고 있던 것은 나를 간직하기 위해 주위를 두리번거리던 영원이다.

연인의 잇자국 남은 상처에서 향기로운 물줄기가 흐른다. 나는 향기로운 밀물의 거품 속에서 탄생하는 황홀함이다.

나는 기사 없는 택시의 문을 열고 거리로 내렸다. 잠든 시늉을 하다 잠들어 버린 연인은 주정뱅이처럼 고개를 떨구고 상처를 짓누른 채였다. 택시의 인조가죽 시트는 온통 바다처럼 눅눅했다.

4

나는 그가 떠나는 소리를 듣는다. 그는 환희를 짓는 풍뎅이다.

5

헤살꾼 없이 이야기는 스스로를 버틸 힘이 없다.

6

영원이 그를 사랑하는 것은 그가 그를 살기 때문이다.

7

비행선이 공원의 철문 앞에 다다른 것은 한낮이었다.

나는 죽은 듯 잠든 괴물을 남겨둔 채 영원이 부서져 보도블록이 된 길을 걸어들었다. 아버지에게서 태어난 아버지와 어머니에게서 태어난 어머니 들이 저마다 짐꾸러미를 안고 부지런히 귀가 중이었다.

멀리 걸어도 나의 연인이 상처를 누르며 뱉는 잠꼬대가 들린다. 나는 내내 들어온 신음에 안도하며 공원으로 걸었다. 다친 그는 당분간 어디로도 달아나지 못할 신세였다. 내가 물어뜯은 그의 상처에서 온순한 바다의 밀물처럼 마음이 흘러넘친다.

이 이야기에서 나는 이미 쓰인 한 사람의 탄생을 유예시켰다. 그는 기다림 속에서 번번이 태어나며 몽롱한 탄생을 거머쥔다. 내가 쓴 이야기는 한때 그로 인해 더없이 온전했다.

그러나 시간은 그리움의 가장 허기진 자식이었다. 쓰여진 순간부터 이야기는 시간의 왕도를 나뒹군다. 어느새 공기를 얼얼하게 만들 정도로 독한 장미 향기 속으로는 희미하게 부패하는 듯한 기미가 뒤섞인 채였다. 이곳의 미련은 부글부글 끓어오르지만 넘치지 않는 물과 같다. 내가 만들어 낸 희생이 나를 기다렸다. 니는 유예당한 이야기를 향해 조심스럽게 나아갔다.

공원의 철문 너머로는 내 허리 높이의 담으로 이루어진 미로가 조경되어 있었다. 미로와 미궁의 차이는 빠져나가려는 사냥감의 발목에서 비롯된다. 나는 담들을 뛰어넘다가 몇 번인가 넘어졌다. 무너져 가는 담장은 애인의 상처럼 젖어 있었다. 젖은 것들이 삐걱거렸다. 이곳은 온통 우리의 찬란함과 추레함을 기억하려는 흔적으로 범벅되어 있었다.

미로 가운데 소녀는 얌전한 자세로 눕혀져 있었다. 그는 알맞은 높이의 단상에 마치 공원의 장식품처럼 진열된 상태였다. 사람들은 진열장의 불빛과 장신구들을 교체하듯 소녀를 꾸민 꽃들을 갈아 끼우는 중이었다. 그가 누운 관은 구멍투성이였다. 작은 구멍들에는 저마다 색색깔 꽃이 꽂혀 있었다. 모두 생화였다. 그를 애도하기 위해서는 틀림없이 적지 않은 예산이 쓰이고 있을 것이다. 나는 의혹에 휩싸인다.

돌연 어디선가 산 자의 투덜거림이 들려온다.

"모든 게 엉망이로군요. 꽃들에 물을 주는 건 누군 걸까요? 대체 누가 이 모든 걸 관리하고 있느냔 말입니다."

키 작은 동물 하나가 소녀의 죽음을 문상 중이었다. 나보다 먼저 온 그는 얼핏 아이처럼 느껴질 만큼 무구한 얼굴을 갖고 있었다. 그러나 그의 말투에서는 구질구질하고 관습적인 허영심이 묻어났다. 티 없는 얼굴로도 그 늙수그레함을 감출 수는 없었다. 그는 누군가 자기 말을 경청하고 있기라도 한 것처럼 큰 소리로 비난을 퍼부었다. 내가 오기 전까지 그는 혼자였다.

"더 따져 볼 것도 없겠죠. 이건 시장의 잘못이에요! 시의 예산을 엉뚱한 곳에 낭비하고 있다는 이야기입니다. 이미 다들 떠들고 있는 그 소문이 명백한 진실이었던 거예요."

나는 동물이 적당히 지쳐서 떠나기를 기다렸다. 그의 말 상대로 붙들리고 싶지 않았다. 나는 구색 갖추기에 가까운 미로의 한 귀퉁이에 몸을 숨기고 시간이 흐르는 것을 견뎠다. 그러나 기다리는 동안 화사한 차림새의 걸인 여인 하나가 더 나타났다. 이 공원은 소녀의 희생으로 장식된 이후 슬픈 떠벌이들의 모임 장소가 된 모양이었다.

"조용히 좀 하구려. 이 천사 같은 아이가 대체 뭘 잘못했다는 거요?"

걸인 여인이 작은 동물에게 성질을 부렸다. 그는 들고 있던 시든 꽃 뭉치를 소녀의 발치에 바친 뒤 절뚝거리는 다리를 동물에게로 망치처럼 휘둘렀다. 묵직한 가죽신을 신은 걸인의 다리는 매우 위협적이었다. 그의 모든 것이 이날을 위해 준비한 듯 번쩍였다. 목에 건 축복 기도 팻말이 아니었다면 그가 걸인임이 자칫 숨겨졌을 터였다.

동물은 위협에 새파랗게 질리는 동시에 떠들 상대가 생겼다는 기쁨을 감추지 않았다.

"이해하지 못하시는군요. 이 어린 아이가 뭘 잘못했는지 아무도 모른다는 게 문제입니다. 시장은 그저 지속적인 헌화로 모든 걸 감추려고 하고 있어요. 모종의 결탁, 숨겨진 음모. 이 모든 게 비밀로 남겨져 있습니다. 사람들은 왜 이 소녀에게 꽃을 바치죠? 아니, 이 꽃이 정말로 시민들의 손으로 바쳐진 것이 맞기는 한 겁니까? 증거가 없어요. 어디에도 없죠."

"그럼 내가 지금 바친 건 댁의 눈에 뭘로 비치지?"

"그건 정당한 꽃이 아니죠. 당신이 훔친 공원의 재산입니다. 길에 있는 걸 꺾어 왔을 뿐이잖소."

동물은 걸인이 꽃을 살 돈이 없음을 확신하는 눈치였다. 걸인은 아름다운 뺨을 그을음투성이인 손가락으로 긁적거렸다. 걸인이 머뭇거리자 동물은 의기양양해져서 어깨를 폈다. 그래도 그 작은 동물은 걸인의 허리까지 다다를 정도였으나, 위풍당당해진 그는 아까보다 한결 번드르르해 보였다. 구애 중인 상대에게 꼬리털을 뽐내는 붉은 닭 같았다. 그는 붉은 닭이자 붉은 달, 미역귀, 조수 아래서 꿈틀대는 선망이다. 통증을 견디는 삶의 기쁨이다.

"죄를 저지르지 않는 사람이 어디에 있겠습니까? 죽음 이후에 이어지는 음모가 이 어린애를 성인으로 숭배하고 있어요. 그는 모두를 대신해서 용맹하고 고풍스러운 방식의 결말을 맞이했죠. 하지만 우리가 그 사실을 추모하고 숭앙하는 작업은 계급의 이득을 위한 음모에 동원되는 일에 가깝습니다. 이 어린애가 생전에 저지른 모든 죄를 파묻고, 망각하고, 들춰 보지 않으려 하며 꽃을 바치는 거죠."

"나는 이해할 수 없군. 댁의 말은 이 소녀가 사실 어마어마한 죄를 숨기고 있다는 것처럼 들려. 하지만 이 가련해 보이는 얼굴 뒤에 대체 무엇이 숨겨져 있다는 거야?"

"우리는 그것을 알 수 없습니다. 우리는 알려고 하지 않으니까요."

"나는 다만 이 가엾은 애에게 꽃을 주고 싶었을 뿐이야. 부자들은 이 애에게 금으로 된 조화와 저승배를 탈 노잣돈을 바쳤지. 나는 보시다시피 가진 좋은 것이라곤 이 신발 정도야. 엊그제 명망 높은 노름판에서 어떤 뜨내기가……"

"보세요. 당신은 여전히 알려고 하지 않잖습니까. 엉뚱한 이야기가 시작되는군요. 이야기들이 존속을 위해 꿈틀거리는, 비열하고 부패한 순간이 도래하고 있어요. 모든 건 시장의 잘못입니다. 당신 같은 얼치기들이 바치는 꽃이 그들의 계급에 전복될 수 없는 권력을 부여하죠."

그들의 떠드는 소리에도 단상에 누운 소녀는 떠난 자답게 조용했다. 소녀는 그 무력한 고요함을 빼놓는다면 거의 살아 있는 사람처럼 생기 있어 보였다. 뺨은 아이답게 발그레했고 몸은 아직 따스할 것이라는 착각을 불러일으켰다.

조용하고 따뜻해 보이는 소녀를 앞두고서 조그만 동물 걸인은 부끄러움 없이 떠들어 댔다.

조그만 동물은 이제 거의 걸인을 가르치려는 듯한 자세를 취하고 있었다. 걸인은 자신의 허름한 인생에서 그 같은 인도자들을 이미 몇 번이나 겪어 본 기색이었다. 동물이 손가락을 꼿꼿이 펴고 허리는 그보다 더 반듯하게 세우자, 걸인은 사색이 되기 시작했다. 자신이 어떤 실수를 저질렀는지 비로소 깨달은 눈치였다. 실패와 구원이 넘쳐흐르는 그의 인생은 오직 그를 위해 마련된 덫이다. 소녀를 둘러싸고 그들은 잠시 한 순간이 되었다가, 여럿이 되고, 내가 되었다가, 나를 떠났다.

그들은 미로의 반대 방향으로 사라졌다. 걸인은 달아나려 했지만 그의 가죽신은 지나치게 묵직했다. 모든 것에 붙들리는 그의 걸음을 동물은 쉽게 따라잡았다. 그들은 홀연히 사라졌다. 나는 비로소 소녀와 단둘이 남게 되었다.

웅크렸던 몸을 펴자, 팔에 짓눌려 있던 담장이 붉은 심장 부스러기를 떨어트렸다. 주기적으로 원을 그리는 기계 인형의 이미지가 극을 깁고 있었다. 무대는 어금니를 맞부딪치는 입, 앞니 아래의 빈자리다. 나는 소녀에게로 갔다. 소녀는 가까이에서 보니 더욱 살아 있는 사람처럼 보였다. 그의 머리칼은 황홀하고도 지저분한 잿빛을 머금고 있었다. 나는 거울을 들여다보듯 그에게 매료되었다. 소녀는 나이자 이야기이며 조각조각으로 잘린 사랑의 허물이었다. 나는 끝과 시작을 동시에 말하기 위해 그를 썼지만, 그는 그저 앳되고 발그레한 뺨을 가진 선량한 산딸기 덤불일 따름이었다. 오직 평온을 위해 지속되어 온 체념만이 그의 떨쳐낼 수 없는 유년에 의해 간신히 싱그러움을 잃지 않고 있었다.

그 싱그러움은 내가 다음 생을 위해 기억하려 했던 모든 시절이었다. 칭얼대는 나를 위해 여럿의 내가 웅얼거렸던 부드럽고 흠결 없는 뜬소문이었다. 여기, 내가 만든 이야기의 가장 귀한 상실이 누워 있다. 내가 눕힌 나의 미련은 시종일관 나의 연인을 닮고 싶어 결말 뒤편에서도 이따금 숨을 몰아쉰다. 연민이 소녀를 한층 정결하게 꾸며 주었고, 나는 어느새 그를 경외심으로 보듬고 싶어졌다. 이 순종적인 천사는 여전히 도시의 평화를 수호 중이있다. 그리하여 온갖 선지자와 부랑배가 그의 시신에 불그스레한 장미와 뜬소문, 음담패설과 비통한 신음들을 바치고 있었다.

나는 속삭인다.

"내가 왔으니 우리는 이제 어디로 가야 할지 궁리해 볼 수 있겠지. 너는 겹쳐 놓은 저주들 위에 누워 이토록 생생하게 붉은 뺨을 잃지 않고 있구나. 너는 비로소 영원보다도 집요하고 철두철미해졌지. 내가 영원에 매료되는 것은 영원이 내게 매료되었기 때문이지만, 너는 무엇에도 매료되지 않는 이야기의 영혼이구나. 모든 이야기를 단 하나의 이야기로 읽고 마는 저주가 너를 여기 눕혔지."

이 소녀는 저주 받은 왕을 대신해 독약을 마시고, 독이 스민 검에 베이고, 벽에 뚫린 쥐구멍으로 적과 편지를 주고받은 자다. 원수의 어미에게서 태어난 막내딸이며, 내 어머니의 병을 치료하기 위해 마지막 푸른 염소의 젖을 짜던 자이고, 자신의 손가락을 잘라 배고픈 이들을 모두 먹인 자다. 이야기에 헌신하기 위해 물레 가시에 불면의 밤을 봉헌한 자, 물결 속에서 걸어 나온 사냥꾼, 사거리 오피스텔의 잠 못 이루는 경비원, 잠을 죽이는 자들의 격납고, 열두 명의 아버지와 열두 명의 할아버지를 위해 바닥을 닦는 단 한 명의 공주, 목소리를 바친 여인, 거미가 된 여인, 새가 된 여인, 암소가 된 여인, 목소리였던 암소, 거미였던 황새, 미래를 탐닉하는 사슴을 위한 샘의 초승달, 이들은 모두 그였다. 나는 그의 탄생, 그의 끝을 유예하며 여기 그를 눕혔다.

　　이야기의 한복판에서 그는 끈적이는 슬픔을 흘리는 상처투성이 영원과, 산 자들의 사랑에 둘러싸여 나를 기다려왔다. 그를 지나쳐 간 열두 명의 왕자에게는 열두 명의 사랑하는 여인이 존재한다. 소녀는 그들 모두를 위해 스스로를 헌신했다. 그는 휘파람을 흥얼대며 비틀비틀 궁전을 빠져나온 최초의 모험가다.

　　여기, 나를 기다리며 내게 포박당해 있는 것은 내 손에 뒷덜미를 잡힌 이야기의 몸이었다. 그 무엇보다도 부자유해진 것, 꼼짝 없이 조문이라는 속박에 종속된 존재가 바로 그였다. 나는 아직도 물레 가시에 찔린 상처가 그대로 남아 있는 소녀의 손가락을 손에 쥐어 보았다. 무른 손가락은 무르익은 열매 같았다. 나는 죽은 몸을 뒤덮은 꽃을 치우고 소녀의 감춰졌던 하반신을 드러냈다. 그의 다리는 헌화의 행렬 끝에 꽃 무더기 아래서 꽃의 언덕을 오르는 중이었다. 그의 부드러운 몽상은 오른편과 왼편이 나눠지 않은 길 가운데서 끝과 끝을 잇는다. 그의 무던 발밑에서 나와 그의 믿음은 잠시 하나가 된다.

　　나는 이 소중한 몸을 어찌 다뤄야 할지 점점 더 알 수 없어졌다. 언제 다시 사람들이 몰려올지 몰랐다. 나는 죽어 있는 그의 스산한 발목을 감싸 쥐고 온기를 불어넣으려 해 보았다. 그의 소거된 비통함에는 여전히 의심스러운 구석이 있었다. 지난날 나는 이 무심한 존재를 없애려 음모를 꾸몄다. 나에 대한 나의 살의를 부추긴 것은 줄곧 사랑이었다. 그러나 소진되지 못한 망자는 시시때때로 깨어날 수 있으며, 어느새 이야기는 나를 그에게로 인도하는 음모를 꾸미는 중이었다.

따스한 체념이 시신을 침묵에 빠트리고 있었다. 나는 그를 애도하며 발목과 뺨에 입을 맞췄다. 여기에 누운 것은 내가 마침표를 찍은 의문들이었다. 나는 남겨 두었던 손수건으로 죽은 자의 입술을 닦았다. 어린 입가로 기울어지는 어린 그림자가 되었다. 다시 한 번 그 입술에 입을 맞추자 숨결이 느껴졌다.

머리카락을 쓰다듬고 손을 마주 쥐자, 그가 천천히 죽음 가운데서 눈을 떴다. 유령의 눈동자에는 투명하고도 혼곤한 빛이 가득했다.

나는 소녀이고 유령이며, 아직은 아무것도 아닌, 아무것도 아니기 위해 탄생한 자를 마주보았다. 유령은 몽롱한 눈으로 주위를 두리번거렸다. 그는 막 잠에서 깨어난 듯 어지럼증을 느꼈다. 이윽고 그 물컹한 시선이 내게 머물렀다.

"당신이로…… 군요. 오랜만이…… 에요."

"나를 알아보겠어?"

"물론…… 이죠. 나를…… 만들어 준 사람."

안도감이 밀려와 나는 그의 손을 쥐고 다시 입을 맞췄다. 그윽한 체념의 체취가 부드러운 손으로부터 나의 입술로 밀려들었다. 나는 소녀의 머리카락을 쓰다듬어 주었다. 유령 소녀는 눈꺼풀을 파르르 떨며 눈을 감았다. 그는 목을 가누기 어려운 듯 내 손에 머리를 기댔다. 나는 돌연 소녀에게 무엇도 부탁하고 싶지 않았다. 그의 연약함과 무력함, 그로 인해 더욱 깊어진 평온이 나를 주저하게 만들었다. 나는 그에게 망자들의 나무가 어디에 있는지 물어야 했다. 그 불멸하는 나무를 알고 있음은, 그가 비통함을 겪고도 원망을 모르는 유순한 영혼이라는 증거였다.

"당…… 신을 다시 보게 될 줄은 몰랐…… 어요."

"너는 모르는 게 많은 아이였지. 알고 싶어 하지도 않았고. 죽음 이후에도 너는 변하지 않았구나."

유령은 대답을 하려는 의지를 잃어버린 듯 흐리멍덩한 얼굴을 하고 있었다. 나는 연민과 죄책감에 사로잡혔다. 이 익숙한 비애는 늘 작가를 매료시킨다. 나는 유령을 일으켜 단상으로부터 벗어나도록 이끌었다. 그는 비틀거리면서도 천천히 걸음을 내딛었다. 유령은 나의 연인만큼이나 가벼웠다. 그 가엾을 정도로 허망한 무게에 깜빡 잊고 있던 연인이 떠올랐다.

나는 공원을 빠져나가 유령을 데리고 마차로 돌아갈 계획이었다. 그러나 유령은 생각보다 잘 움직이지 못했다. 그는 데친 채소처럼 흐물거렸다. 꺾인 꽃 무더기에 발목이 묶여 거듭 휘청거렸다. 공원의 매끄러운 돌바닥은 유령의 걸음을 감당하길 꺼려했다. 행인들이 홀로 우스꽝스러운 몸짓을 하는 나를 힐끔거렸다. 그들은 늘 내 곁의 유령을 못 본 척한다. 나는 아무도 오가지 않는 한적한 길목으로 유령을 부축했다.

"곧 잘 걷게 될 거 같니? 사람처럼 걷는 방법을 얼른 기억해 낸다면 좋을 텐데. 아니면 유령 특유의 다른 방식이 있거든 그걸 보여 줘도 좋아."

"죄송…… 해요. 아직 망각이…… 저를 짓누르고 있…… 어요."

"아니야, 순한 아이야. 사과할 건 없단다. 다만 내겐 나를 기다리고 있는 골칫덩어리가 있거든."

나는 연인을 골치 아픈 문제라고 부르고 만 사실에 죄악감을 느꼈다. 비굴한 자세로 찬사를 덧붙였다.

"해가 지기 전엔 그에게 돌아가 봐야 해. 그는 나를 지극히 사랑하고, 내가 죽였던 나를 만나 운 나쁘게 물어 뜯

겼지. 그는 나의 연인이야. 우리는 서로 사랑하는 사이라는 뜻이지."

돌연한 수치심이 치밀었다. 사랑에 대해 주절거린 대가였다.

"그러고 보니 네가 일어나길 기다리는 동안 형편없는 자들의 쑥덕거림으로 내 귀를 더럽혔었단다. 네가 살아생전 어떤 음모에 휘말려 죄를 숨겼을지도 모른다던데. 물론 그 말을 믿지는 않았지만, 너는 그들의 이야기를 어떻게 생각하니?"

유령은 당혹스러워하며 발을 헛디뎠다. 그 바람에 그는 미로를 이루는 조악한 담장으로 넘어지며 웅덩이에 발목까지 빠지고 말았다. 호박색 웅덩이를 딛고 비틀거리는 그는 낯익은 부끄러움으로 물들어 있었다.

"저는…… 아무것도 하지 않았…… 어요."

"늘 아무 저항도 하지 않는 것이야말로 너였지."

나는 쯧쯧 혀를 차며 유령의 머리칼을 다정히 쓸어 넘기는 시늉을 했다. 그는 변명하듯 더듬거렸다.

"저는 이곳에서…… 꼼짝 없이…… 언제나처럼 감개무량한 마음으로…… 제게 주어진 저주를 감당하고 있었…… 는 걸요."

나는 불현듯 어떤 의심을 깨닫고 물었다.

"너는 네가 되기 전에도 늘 그랬었지. 하지만 여전히 그 마음에 변함은 없는 거니? 여전히 너를 모르는 열두 명의 왕족을 두루 사랑하고, 너의 운명에 복종하는 거야?"

유령은 더더욱 당황해하며 내게서 물러나 버둥거렸다. 나는 그에게 다시 한 번 깊은 동정심을 느끼며 캐묻기를 그쳤다. 우리는 한 덩어리처럼 서로에게 기댄 채, 누가 누구를 부축하는지 알 수 없어진 채로, 할 수 있는 한 휘청이며, 공원을 빠져 나갔다. 한 번 미로의 가운데까지 들어오니 나가는 길 또한 복잡했다. 나는 담장을 짓이기며, 이따금씩 올바른 길을 찾아, 계속 걸었다. 유령은 가벼웠다. 가벼움은 그가 지닌 장점이었다. 그 미련은 가볍고, 유예를 위해 마련된 생애 역시 가벼우며, 그는 비워지기 위해 마련된 이야기, 이야기를 떠나는 소녀다. 그는 잠시 나를 모르는 내가 되었다가, 모든 나를 등진다. 기다림처럼 내게 기댄다. 유령은 공원의 철문을 발견한 뒤에야 작은 한숨을 내쉬었다.

"저 문 곁에 진열된…… 저의 애장품들을 보셨…… 나요?"

나는 미안한 눈빛으로 보지 못했다고 답했다. 공원을 들어서는 순간에도 나는 어김없이 내가 마주해야 하는 미래만을 고민하고 있었다. 그때는 그를 만나야 한다는 생각뿐이었다.

"당신은…… 여전하군요."

유령은 마치 나를 잘 기억하고 있는 것 같은 애잔한 미소를 건네 왔다.

"저기 놓인 귀중품 가운데…… 제가 아끼던 반지가 있어요. 쥐의 뼈로 만들어졌고…… 아주 하얗고…… 지금의 제가 들 수 없을 만큼…… 묵직…… 하죠."

"나는 네가 누워 있던 그 관짝 같은 단상 속에서 이미 몇 개의 금화를 꺼냈단다. 네가 저승으로 가는 배를 무사히 타기 바라며 부자들이 준 노잣돈이지. 우리가 그 돈을 좀 쓴다고 해서 화낼 사람은 아무도 없을 거야. 너는 저 반지가 필요하지 않아."

"저는…… 돈을 원하는 게 아니…… 에요."

유령은 더듬거리면서도 고집스럽게 탐욕을 드러냈다. 나는 그 천진난만한 모습에 기시감을 느꼈다.

그가 원하는 것은 진열된 물건들 가운데서도 몹시 볼품없는 장신구였다. 대부분의 귀중품은 이미 유령의 아버지가 탐욕스럽게 숨겨 버린 뒤였다. 여기 전시된 물건들은 찬미를 고취하기 위해 긁어모아진 쓰레기였다. 탄생하지 않기 위해 쓰인 이야기의 보잘 것 없는 부스러기들이 공원의 입구를 성소처럼 꾸미고 있었다. 나는 공원에 들어서며 얼핏 이곳이 쓰레기장 같다는 인상을 받았던 것이 떠올랐다.

유령은 자물쇠가 걸린 진열장을 하염없이 들여다보았다. 그는 반투명한 손을 내밀어 진열장의 유리를 통과했다. 막을 뚫고 들어선 손은 반지를 향해 있었다. 조그만 반지는 유령의 말대로 새하얗게 보이기는커녕 몹시 얼룩덜룩했다. 나는 유령이 그 반지를 하염없이 욕망하도록 내버려둔 채 마차를 세워둔 골목으로 서둘러 가 보았다.

한낮은 이미 전생처럼 지나가 버린 후였다. 시간이 너무 흘러 애인은 이미 깨어났을지도 몰랐다. 마차에 매여 있던 두 마리의 말은 이미 도둑맞은 후였다. 택시 기사가 데려갔을 것이다. 어쩌면 문지기들이 우리를 쫓아와 억지로 내쳤던 열차 한 칸을 되찾으려 했던 것인지도 모른다.

나는 종이비행기의 문을 열어 안쪽을 확인했다. 애인은 낡은 종이 한 귀퉁이처럼 사라져 있었다. 그가 있던 자리가 말라 가는 축축한 자국으로 지저분했다.

8

여자는 공원으로 갔을 것이다.

마차는 막다른 골목의 어둠에 자리 잡고 있다. 이곳은

좁고 컴컴하다. 나는 기다림의 장소에 혼자 남겨진 것이 두렵다. 나의 사랑이 내게서 잎과 줄기와 뿌리를 길러낸 후로 나는 빛과 물을 원한다.

회복을 위해서는 햇빛이 필요할 것이다. 일어나 밖으로 나와 보니 마차를 끌던 두 필의 말은 이미 사라진 뒤였다. 누군가 말을 소유하고 싶은 자들이 그들을 데려갔을 것이다. 어쩌면 그들은 스스로 고삐를 끊고 달아난 것일지도 모른다.

동전 몇 개가 바닥을 뒹굴고 있었다. 나는 동전을 챙겨 마차 밖으로 나왔다. 문을 닫자 내게 펼쳐진 것은 바위로 지은 집과 종이비행기 격납고, 막 핀 금잔화가 있는 길이었다.

양지바른 길을 따라 태양 아래로 걷다 보니 몹시 눈이 부셨다. 어느 길목에선가, 검은 비둘기들이 빵 가루를 받아먹고 있었다. 들쥐만큼 조그만 아이들이 그 아래서 호시탐탐 떨어지는 부스러기를 노렸다. 나는 망령처럼 뙤약볕으로 걸어 들어갔다.

이윽고 목이 말라왔다. 건너편 길가에 호화로운 분수가 서 있었다. 마주친 이에게 거기가 어디인지 묻자 그는 그곳이 공동 정원 옆의 공중 정원이자 예배당이며 나 같은 뜨내기들을 위한 급식소라고 답해 주었다.

"온 도시가 체념을 찬미하고 있어요. 그건 시장의 음모입니다. 시장을 앞세운 지배 계급의 음모죠. 모두가 그 사실을 알면서도 겁에 질려 입을 다물고 있단 말입니다."

길을 가던 고양이는 솜털이 보송보송한 얼굴을 갖고 있었다. 그러나 그의 어린 얼굴과 샛노란 눈은 온통 분노로 일그러진 채였다.

"이 이야기에 관심이 있는 사람들이 오늘 밤 붉은 석탑의 뜰에서 모이기로 했어요. 당신도 관심이 있다면 엉뚱한 소문이 이성을 낚아채기 전에 우리를 만나러 오는 게 좋을 겁니다."

"하지만 나는 사람이 아닌데요."

"그럴 리가요. 그런 것은 이 도시에 들어올 수 없는 걸요."

나는 조그만 고양이에게 고맙다고 인사한 뒤, 비틀거리며 예배당의 분수를 향해 다가갔다. 조그만 고양이는 잠시 뒤를 쫓기라도 할 것처럼 나를 기웃거렸다. 그러나 나의 모험은 그를 곧 멀찍이 뒤처지도록 만들었다.

그때까지 나는 마차가 세워진 골목을 정확히 기억하고 있었다. 어느 길을 건너, 어떤 모퉁이를 돌아야 하는지 잊지 않으리라고 확신했다. 다만 예상을 뛰어넘은 것은 분수의 과도한 냉랭함뿐이었다. 부글거리는 물줄기는 소스라치도록 차가웠다. 그 전율어린 얼음 알갱이들은 순식간에 가지들을 오그라들게 만들었다. 나는 분수대에 기대어 흐느끼며 헐떡거렸다. 물과 빛이 나를 끊임없는 축축함으로 이끌었다. 오래된 표피에서 더욱 여린 살갗이 자라나고 가지가 단단해지며 눈물방울에 뒤섞여 씨앗들이 흩어졌다.

나는 슬픔에 휘말려 비틀거렸다. 물을 마실수록 갈증이 심해졌다. 휴식에 대한 욕망이 나를 예배당의 협소한 나무 그늘로 이끌었다. 나는 젖은 가지에서 물기와 남은 씨앗을 털어냈다. 씨앗들은 나뒹굴며 시들었다.

예배당에서 부유한 차림새의 여인들이 쏟아져 나왔다. 그들은 나를 돌아보고 낙엽을 닮은 갈색 동전을 꺼내 발치에 놓아주었다. 탁한 눈의 내가 그들에게 감사 인사를 전한다. 까무룩 잠이 쏟아진다. 더러운 치마를 펄럭이는 소녀와 꽃을 파는 소년, 붉은 말 두 필을 끌고 가는 부랑배들이 길가를 지나간다. 나는 지쳐서 깊이 잠들었다. 번잡한 꿈에서 깨어나 보니 나는 나이든 여자의 어깨에 머리를 기대고 있었다.

낯익은 여자는 더 이상 노파라고 부를 수는 없도록 어려진 모습이었다.

내가 잠에서 깨었다는 것을 느낀 노파는 비굴한 미소를 지었다. 그 굽신거림은 열망의 표현이었다. 그의 얼굴은 공원으로 간 여자와 닮아 있었다. 예기치 못한 사랑이 나의 상처로부터 흘러넘쳤다.

"깨어났다면 저 성스러운 공동 정원으로 가자꾸나. 이곳은 이제 너무 추우니."

노파는 비굴할 정도로 부드러운 목소리로 내게 속삭였다. 그의 말이 옳았다. 뙤약볕이 저문 뜰은 밤이 아님에도 싸늘했다. 나는 비틀거리며 그의 부축을 받았다.

우리는 신전이 된 정원, 또는 정원이 된 급식소의 계단을 올랐다. 검고 붉으며, 흰 빛을 띠어 얼룩덜룩해진 둥그런 기둥들을 지나쳤다. 노파는 품에서 작은 주머니를 꺼내 내게 건넸다.

"누구에게도 들킨 적 없는 나의 버릇이란다. 나의 작은 비밀이지. 나의 주머니엔 많은 것이 숨겨져 있어."

그는 죄인의 얼굴로 친절을 베풀었다.

"너를 위한 약을 꺼내가렴. 그걸 주고 싶어서 여기까지 널 찾아 왔어. 쉽지는 않았지만 너를 보니 안심이 되는구나."

나는 주머니를 만지작거렸으나 그것을 곧바로 열지 못했다. 그는 지나치게 수다스러웠다. 그는 성문을 지날 수 없어 성벽을 기어올라야만 했다고 떠들었다. 아무도 없는 밤에, 묽은 잠이 번져 나가는 새벽에. 한때는 그가 나의 목소리를 듣지 못하던 순간이 존재했다. 기억이 나를 불신으로 이끌었다.

예배당이라 불리는 이 공공의 삶은 화려했으나 청소가 되지 않아 더러웠다. 청소를 위한 돈을 충분히 구하지 못한 것일지도 모른다. 사람들의 일에는 늘 돈이 든다. 나는 사람이 아니므로 그들의 문제에 동정심을 품지 않았다.

우리는 커다란 문과 웅성대는 사람들을 지나쳐 점점 더 좁은 복도로 들어섰다. 안쪽으로 들어갈수록 길은 점점 나눠지는 동시에 하나로 모인다. 시간의 복도들은 서로를 난폭하게 가로지른다. 미로로 들어설 때는 기다란 밧줄이 필요하다. 나는 주머니의 길고 가는 끈을 당겨 풀었다. 뒤집어 흔들자 암록색 진액이 담긴 유리병이 굴러떨어졌다. 그리고 금과 은으로 된 장신구들이 있었다.

나는 작고 번쩍이는 반지를 가지 끝에 끼워 보았다. 반지는 사람의 손가락을 위해 존재한다. 손가락이 아닌 눅눅한 가지 끝에서 장신구는 이내 굴러떨어졌다.

"그건 제물이야. 너를 위해 축복을 빌며 불태울 거야."

노파가 내게서 금붙이들을 거두어 갔다. 나는 약을 바르며 휴식하기 위해 걸음을 멈췄다. 노파는 무엇이든 내가 원하는 대로 따라줄 기세였다. 사랑스러운 젊은 여자는 내게 이토록 순순했던 적이 없었다. 나이든 여자의 암담한 얼굴에는 꺼트리지 못한 탐욕과 깊은 후회가 뒤섞여 있었다.

"우리는 왜 신을 만나러 가려는 거죠?"

"그저 추위를 피하기 위해서지. 그리고 내가 해친 너의
안녕을 기원하기 위해."

"이 도시는 여름인데도 겨울처럼 춥군요."

"나는 네가 따스한 계절을 좋아한다는 걸 기억하고 있
어. 먼 곳을 헤매면서도 단 한 번도 잊지 않았지. 너는 나에
대해 모든 걸 잊어버렸겠지만 말이야."

노파가 서글픈 한숨을 내쉬었다. 나는 잠자코 그의 말
을 듣는다. 그러나 따스한 계절이 나를 원하는 것은 그가
내게서 자신을 보기 때문이다. 나의 연인은 나를 위해 자신
의 언저리를 맴돈다. 기억은 영원의 부연 입김이다. 우리는
잠시 사랑에 상상을 봉헌한다.

나는 유리병을 열어 끈적이는 상처에 약을 바르는 시
늉을 해 보였다. 곧 노파는 추파를 던지는 듯한 은근한 눈
길로 나를 훑어보기 시작했다. 그 얼굴은 점점 더 수런거리
는 젊음과 늙음의 한복판으로 기울어진다. 그의 고백은 자
신이 바로 그 여자임을, 내가 사랑하는 사람임을 암시하고
있었다. 그가 내 앞에 나타난 것은 어쩌면 그 말을 위해서
일 것이다.

나는 이 늙은 여자의 구애가 싫지 않았다. 그의 말 가

운데서 우리가 되는 사랑을 그러모으고 싶었다. 그는 멀리서 찾아왔고 나는 멀리서 오는 이를 기다렸다. 한때는 그것만을 간절히 원했던 기분이 들었다.

"내게 전보다 친근하게 질문을 던져주는 군요. 이제 우린 친구가 된 건가요?"

나는 노파가 탐욕스럽게 내 상처를 훔쳐본다는 것을 깨달았다. 그는 해가 저물수록 허기를 억누르기 힘든 모양이었다.

"너는 언제나 나의 가장 애처로운 친구지. 나는 네 몸뚱이를 집어삼켰지만, 너를 여전히 사랑하고 있어. 너도 기억하지 않니? 사랑만은 잊지 말아줘."

"그래요. 잊지 않았어요."

나는 그의 뻔뻔한 사과에도 화가 나지 않았다. 나의 미소에 노파는 신이 나서 화답하려 애썼다. 그는 나의 가지를 끌어당겨 그 끝에 정성스럽게 입 맞췄다. 나의 꼭대기에 서글프게 늘어진 잎사귀들, 끝이 부서진 잔가지들을 하나씩 쓰다듬었다. 나는 그의 손길에서 여자를 떠올렸다. 그는 지금 어디에 있을까. 그가 보고 싶었다. 그를 보고 있는데도 그가 그리웠다.

"당신은 나보다 당신을 더 좋아하죠?"

나의 뻔뻔한 질문에 그는 똑같이 뻔뻔한 태도로 응했

다. 그는 더 이상 아무 말도 들리지 않는 듯했다. 그는 언제나처럼 자기 자신에 대해 생각하고 있었다. 그의 흐느낌과 울부짖음, 온갖 종류의 연민이 몹시 익숙했다. 나는 이미 여러 번 그에게 지금처럼 질문을 던졌던 적 있었다. 지붕이 무너진 서재에서, 나는 책꽂이 너머의 보이지 않는 그에게 말을 건넸다. 그는 그때도 나의 말을 듣지 못했다.

노파의 입술이 상처에 입 맞추자 내게도 곧 낡은 그림자가 드리워졌다. 그의 숙명이었다. 우리는 한 덩어리처럼 서로를 부축하며 복도 끝의 방에 다다랐다. 제물을 바치기 위한 가장 안쪽 방이었다.

문을 열자 천장이 없는 둥근 방이 나타났다. 어린 사제가 우리를 보더니 제물을 가져왔느냐고 물었다. 그는 늙은 여자와 젊은 여자가 깜빡 잊고 방치해 둔 유년이었다.

"이 방은 어째서 우리가 두고 온 곳을 닮았나요?"

나의 물음에 사제는 흐리멍덩한 얼굴로 모호한 답을 돌려주었다.

"이곳은 성스러운 장소죠. 우리는 환하게 빛나는 종이의 빈자리에서 걸어나온 점이고, 처음과 끝은 늘 이어져 있죠. 모르는 것을 지나치게 알고 싶어 하지 말아요. 당신의 건강을 해칠 겁니다."

어린 그는 흐릿한 눈길로 두려움을 감춘다.

나는 부끄러움으로 인해 견고해지는 그의 공포를 알아채지 못한 듯 묻는다.

"나는 어디서도 시작하지 않았는데 어떻게 내가 끝날 수 있죠? 너무 억울한 일 같은 걸요."

"여기까지 오셨잖아요."

"여기가 어디인데요?"

"가마꾼에게 값을 치르셨잖아요. 그때 말한 목적지가 당신이 다다른 곳일 겁니다. 여긴 신전이자 공동 정원 옆의 공중 정원이고 버스 배차장이죠. 혹시 걸어왔다면 조금 헷갈리실 수도 있겠지만, 아무튼 당신은 분명 어딘가에서 왔겠죠. 아마도 멀리서."

"어떻게 내가 멀리서 왔다는 걸 알았죠?"

"당신에게서 왼편과 오른편이 나누어지지 않고 끝과 시작이 이어져 있는 듯한 인상이, 온순한 바다에서 흘러넘친 밀물의 거품 같은 분위기가, 북풍과 서풍 사이에서 걸어나온 듯한 어떤 징조가 약간 느껴지기도 했으니까요. 하지만 그런 건 곧 끝장나죠. 이해하실 겁니다."

"이해하는 사람은 슬프지 않죠. 하지만 나는 사람이 아닌 걸요."

"하지만 그런 사실 역시 곧 끝장나아 마땅하죠."

그는 수치심으로 이를 딱딱거리기 시작하며 고개를

젓는다.

"되살아나기 위해서는 우선 태어나야 하니까요."

이윽고 그 어린 사제가 원한 것은 우리 손에 들린 금붙이들뿐이었다. 이윽고 사제는 방 중앙의 화덕에 불을 지폈다. 불길이 타오르자 노파는 그에게 금반지와 은반지, 진주 목걸이와 붉고 푸른 옥들을 모조리 내주었다. 사제는 무뚝뚝하게 그것들을 낚아챘다. 신중하고 표독스러운 눈길이 보석들을 헤집었다.

"좋아요. 이 정도면 괜찮을 것 같군요."

노파는 기쁜 얼굴로 헤헤 웃음을 터뜨렸다. 그는 팔꿈치로 내 옆구리쯤 되는 곳을 꾹 찌르기까지 했다. 노파의 탐욕스러운 속삭임에는 오갈 데 없는 애정이 묻어나고 있었다.

"너를 위해 그동안 싹싹 긁어모아온 것들이야. 내 말 이해하지? 너는 늘 허영심이 가득했잖아."

"나를 위한 것이라면서 왜 내게 주지 않죠?"

"어리석기는. 그 탐욕을 좀 버려. 나는 미래를 위한 투자를 하고 있단 말이야. 너를 위한 기도를 올릴 거야. 황홀한 포만감을 위해. 네가 잊지 않은 사랑과 너의 갸륵한 인내심, 네가 만들어 낸 이 이야기를 위해."

나는 듣다못해 분해서 속삭였다.

"헛소리를 끝도 없이 늘어놓는군요. 이 이야기는 당신이 만들었잖요."

노파는 웃다 말고 화난 표정을 지었다. 그는 진심으로 내게 분노를 느낀 것 같았다.

"이 끝없는 이야기를 나 혼자 만들었다니. 그건 너무 무책임한 말이로군. 너는 정말로 기억나지 않는 거야?"

나는 그 황당한 질책에 비틀거렸다. 노파는 나를 부축하며 나의 귓가에 코를 킁킁댔다.

"너무 소란피우지 말고 잠자코 지켜보도록 해. 네가 아까부터 저 보물을 탐낸다는 건 잘 알아. 하지만 저건 네게 줄 수 없어. 사실 죽은 자에게서 훔쳐온 것들이니. 내 무덤 곁을 구르던 값비싼 쓰레기지. 네게 그런 물건을 줄 수는 없어. 너는 내게 불면과 밤을 모르는 영혼이고, 가장 맑은 계절의 아침이니까."

그의 말들이 내게 달구어진 바다의 거품처럼 밀려들었다. 사제가 죽은 자의 부장품을 불속으로 떨궜다. 거센 불길이 진주, 옥, 낙엽, 수정, 단추, 금과 은을 감싸 안았다. 녹은 기억들이 가느다란 물줄기가 되어 장작더미로 흘러내렸다. 미로 같은 나무 더미에 기다란 금색 실이 그려졌다. 그 금빛은 균열이다. 내가 만질 수 없는 빗줄이다.

"저런 건 신에게 바치기 위해서만 존재하지. 어쩔 수

없는 거야."

노파가 한숨을 내쉬었다. 그는 문득 나보다도 젊어 보였다.

제물을 바친 덕분인지 둥근 방에서 나온 뒤에도 사제는 우리를 내쫓지 않았다. 밤이 찾아오자 노파의 헐떡거림은 허기진 신음으로 변해 갔다. 그러나 그는 나를 물어뜯지 않았다. 나는 그의 곁에서 누덕누덕 구멍 뚫린 표피를 기워나갔다. 우리 사이에는 느닷없이 감미로운 침묵이 감돌았다.

새벽이 다가오자 내가 뜰에 버린 씨앗 가운데 하나가 홀연히 발아를 시작했다.

이 탄생이 씨와 줄기와 잎과 뿌리를 갖는 이유는 나의 연인이 씨앗의 탐욕을 두려워하기 때문이다. 그들은 부풀어오르는 일 초 속의 일 초다.

나는 이야기가 나의 껍질을 뜯어내고, 상처에 흙과 물과 거름을 붓는 것을 느낀다.

그러므로 이제는 보지 않고도 예언할 수 있다.

껍질을 찢고 자라난 싹은 기겁할 만큼 재빠르게 자라날 것이다. 성벽을 파고 들었던 가시투성이 줄기들과 다를바 없다. 여기, 내가 사랑한 사람의 이야기가 있다. 나는 시간에 틈입하는 영원이다.

이윽고 이 도시는 이야기의 물레 가시에 찔려 틈새를 드러낸다. 그것은 우리가 내던진 영원의 잇자국 남은 상처다. 불신당하는 기억이자 미래의 재림이다. 더 이상 작아질 수 없는 입자가 된 오늘이 천장의 깨진 구멍에서 흘러내린다. 팽창하는 오늘의 예감이 거대한 줄기에 푸르고 질긴 잎사귀를 드리운다.

나는 모른 척 잠을 청했다. 잠든 시늉을 하는 노파는 아무것도 알아채지 못했다.

9

나는 유령을 끌고 도시 곳곳을 기웃거렸다. 밤을 믿는 자들에게는 늘 믿음이 찾아든다. 밤이 오자 도시는 성벽 바깥보다도 추워졌다. 바람과 허기가 나의 발길을 늦추었다.

우리는 가까스로 잘 만한 숙소를 구할 수 있었다. 사실 유령에게는 잘 곳이 따로 필요하지 않았다. 나는 혼자서 침대 속으로 기어들어갔다. 죽은 이는 많은 것을 원하지 않는다. 온기를 원하는 것은 오로지 나뿐이다.

밤이 찾아든 창가에 앉은 유령은 여전히 몽롱해 보였다. 나는 희미한 죄책감에 그에게 물었다.

"혹시 그 쥐 뼈로 된 반지를 더 오래 구경하고 싶었던 건 아니니?"

그는 내가 이끄는 대로 황급히 공원을 떠나야 했다. 사라진 나의 연인을 찾아 우리는 여러 골목과 누추한 그늘을 헤집었다. 유령은 불만을 터뜨리지 않았다. 통증을 호소하지도, 떠나온 꽃 무더기를 그리워하지도 않았다. 어디로 가고 싶은지 묻자 그는 내가 좋을 대로 하라고 답했다. 당신이 하고 싶은 대로 하도록 해요. 당신은 선택을 위해 기다림에 시달리죠.

무엇을 물어도 그는 불평이 없었다.

"물음에 답해 줘. 이 밤은 불면으로 지새우기에 너무도 무료하구나."

나는 이불의 보푸라기를 떼어내며 그에게 비굴하게 더듬거렸다. 온종일 가엾은 유령을 내 멋대로 끌고 다녔다는 죄책감이, 잠자리 특유의 아늑함과 더불어, 불거지고 있었다. 내일이 오면 연인을 찾아야 한다. 남은 빚을 잃어야 한다. 말이 없어진 마차를 끌어내야 한다.

"반지…… 에 대해서는 벌써 잊어가고 있…… 어요."

그는 거짓말하는 기색이 없었다.

"무언…… 가를 계속 기억하기에 저는 너무 가볍…… 죠."

"네가 가고 싶은 다른 곳이 있다면 내일 잠시 들러 봐도 좋아."

유령은 흐리멍덩한 눈길로 나를 가엾다는 듯 바라보았다. 우리는 잠시 서로를 가여워하며 옷과 침대의 보풀을 떼고 곱슬거리는 머리카락을 정돈했다. 시선을 피하다가 다시금 서로의 눈동자를 찾았다.

"네가 하고 싶은 말이 있다면 들려주렴. 지금은 잠시 듣고 싶은 기분이니."

"저와…… 가고 싶은 곳이 있었던 것 아닌…… 가요?"

그는 순진무구한 눈으로 내게서 대답을 기다린다. 나는 조용히 창가로 다가간다. 창밖에서 떠드는 사람들을 내려다본다. 저들은 저녁이 되자 하나둘 붉은 돌로 된 탑 주위에 모여들었다. 탑은 약속을 위한 새끼손가락처럼 구부러진 모양을 띤다. 모여든 이후로 사람들은 내내 비관적인 예감에 들떠 웅성이고 있었다. 슬픔이 저들을 환하게 밝힌다. 밤은 낭만적으로 물어 뜯긴다. 나는 유령에게 오후에 간청했던 부탁을 반복한다.

"나는 너와 함께 네가 가야 하는 곳으로 갈 거야. 너는 숲으로 가게 되겠지. 도시 밑에 있는 숲 말이야. 끝내 무엇도 원망하지 않는 영혼들의 실을 따라, 너를 휘감는 눅눅한 오솔길을 지나서. 나를 그곳에 데려가주렴."

"당…… 신은 아직 떠날 수 없…… 는 걸요."

"정말로 그렇게 생각하니?"

"모르…… 겠어요. 저는 생각을 간직하기에 너무도 나긋하…… 죠."

나는 유령에게 이미 들려주었던 말들을 충실하게 속삭인다. 나는 그를 따라서 선량한 자들의 숲으로 갈 것이다. 그 언덕에 언젠가 내가 숨겨둔 나무 열매가 존재한다. 그것은 내가 내던지며 감춘 사랑의 온갖 기억이다.

기억과 비밀은 언제나, 우리의 돌아오는 앞날이다. 무너지기 위해 쌓이는 방파제, 검고도 희며 붉은 빛을 띠어 얼룩덜룩해진 몸, 부패로 허물어진 예산을 그러모아 꾸역꾸역 쌓은 조악한 성벽이다. 유령은 무심히 나를 응시한다. 나는 그의 손을 부드럽게 움켜쥔다. 이제는 차가움조차 느껴지지 않는다. 그는 찾아온 순간부터 여기를 떠나고 있다.

그는 나를 두고 물결 얼룩 같은 가능세계들에 다다라 있는 듯 보인다.

"너에 대해 들려줘. 아무 말이라도 좋아. 오늘 밤은 혼자 있고 싶지 않으니."

나는 남겨지는 일을 두려워한다. 그의 다정하고 단호한 체념을 원망하고 싶다. 미련을 애도하고 싶다. 나는 산자의 시간에 머물러 있다. 그는 나를 두고 어딘가로 가고 있다. 떠나고 있다. 이미 떠나 버린 뒤이다.

그는 나를 위해 비워져 가는 기억의 잔해를 헤집는다.

"당신…… 과 함께 본 그 반지…… 그건 어린 시절 제가 실수로 죽인 조그만 쥐의 뼈를 가루 내어 만든 것이랍…… 니다."

"그것이 네가 만들어 낸 이야기니?"

"기억…… 이죠."

"거짓말이로구나."

"이야…… 기는 우리를 떠나지만 기억은 마지막까지 곁에 남아 주니…… 까요."

촛불을 끈 나는 유령에게 네 말이 옳다고, 아마도 늘 옳았을 것이라고 속삭인다. 그는 떠올린 말들을 곧 다시 잃어버린다. 하나의 엷은 이야기가 어둠에 묻힌다. 오로지 전복을 꿈꾸는 시민들만이 낮은 땅에서 웅성댄다.

나는 한때 내가 써 내려 갔던 이야기를 되풀이해 고친다.

한 남자가 비에 젖은 진흙에 숨겨진 죄를 묻었다. 부화하지 못하는 죄악으로부터 잎사귀와 뿌리를 길러냈다. 계절이 변하지 도실도실한 알감자들이 뿌리에 맺혔다. 기근이 찾아오자 남자의 뜰은 마을에서 홀로 풍요로워졌다.

감자가 자라고, 토마토가 맺히고, 옥수수가 알알이 영근다. 깍지가 터져 콩알들이 밭을 수놓고, 벼의 낟알이 무거워지고, 검은 지렁이가 살찐다.

무성히 자라난 채소를 훔치기 위해 온 마을 남자들이 밤이면 몰래 그의 담을 넘었다. 먹거리는 그들이 훔쳐간 뒤에도 줄어들지 않았다. 접시에 토마토를 담아 칼로 반듯하게 자르자 잊혔던 죄가 부드럽게 흘러내려, 마을의 지하로 스몄다.

그는 그것을 놓아 주지 않으려 가을이 되자 더 많은 씨앗을 창고에 거두었다.

씨앗을 심으면 자라난 뿌리는 잊혀진 것들에 닿는다. 망각은 그를 굶주리게 만들 것이다. 온 마을이 그의 수확을 기다리고 있었다.

어느 날 그가 과실수 한 그루를 뜰에 심자 그 나무는 담장보다도 높이 자라났다. 어지럽게 자라난 가지에 새들이 날아와 앉았다. 사람들은 새를 쫓으며 밤낮으로 그 나뭇가지에 올라 그의 뜰을 살폈다. 옅푸른 비와 검푸른 햇빛이 작물들을 돌보았다.

그는 나눠 주는 대신 그의 것을 훔치기를 기다렸다. 그해 가을은 모두가 더없이 풍족했다.

"어느 날 뒷걸음질을 치자 가죽신에 작은 것이 밟혔죠. 그때 나는 어렸고 결코 그런 일이 일어날 거라 예상하지 못했어요. 누구나 예상하지 못한 일들을 맞닥뜨리죠. 이야기에는 일어나야만 하는 일들이 있지만, 일어날 필요 없는 일들도 있으니까요. 나는 놀라서 발을 들어올렸죠. 거기 작은 쥐가 굽에 찍혀 죽어 있었어요."

유령은 문득 더듬거리지 않고서 기억을 전한다. 그의 음성은 나직하다. 그는 아주 오래전의 일을 떠올리려 하고 있다. 그때의 감정은 더 이상 그의 것이 아닌 듯, 멀리에 있다. 유령은 말을 하는 동시에 그 말을 잊어버린다. 그는 더이상 그때의 일을 기억하지 못한다. 쥐의 죽음은 말해지는 즉시 어둑어둑하고 눅진한 구덩이로 흘러든다.

"내가 누군가를 죽일 수 있을 거라고는 조금도 생각해본 적 없었죠. 나는 정신을 잃었고, 깨어나 보니 사람들이 나를 둘러싸고 있었어요. 나를 사랑하지 않지만 누구보다도 아껴주는 사람들이 나의 안부를 물었죠. 그들이 아무 일도 없었던 것처럼 굴자 점차 모든 것이 평온해졌어요. 나는 그것이 아무 일도 아니었음을 느꼈고, 의문은 사라졌고, 나는 이윽고 모든 것을 이해했죠. 어쩔 수 없는 일이었음을."

"너는 그 어느 때보다도 유창히게 띠드는구나."

"내가 하고 싶었던 말은 바로 이것이었어요. 나는 죽어

가며 기억해 냈죠. 내가 그 순간, 어쩔 수 없었다고 생각했음을."

"기억이 너의 비통함을 대신했구나."

기억이 그의 말을 앗아간다. 나는 쥐의 시체를 남들이 대신 치워 줬을 것이라고 생각한다. 그들은 무책임하게 정신을 잃은 아이의 발을 들어올린다. 그 가운데 한 명이 자수가 놓인 신을 벗긴다. 흉기에 가깝도록 단단한 굽에서 흉측하게 으깨진 덩어리를 뽑아 낸다. 쥐의 피가 굳은살 박인 손에 흥건히 묻는다. 그는 쥐를 들고 어쩌면 좋을지 잠시 골똘하게 생각에 잠긴다. 쥐는 축축하고 물컹거린다. 그것은 생각보다 아직 따스하다. 그는 가벼운 구역질을 느낀다.

아니다, 그는 이미 그것을 어떻게 해야 할지 알고 있다. 그는 능숙하고 능란하다. 그는 충분히 무신경하며 사소한 죽음으로부터 자신을 지킬 수 있을 만큼 용감하다. 그는 창문을 열고 핏덩이를 내던진다. 따스함이 손아귀를 벗어난다. 나머지는 뜰 뱀의 몫이라 생각하며 그는 창문을 닫는다. 호주머니에서 작은 천 조각을 꺼내 손을 닦는다. 그의 천 조각은 작은 면도날과 비슷하다. 품위를 위해, 그는 어린 시절로부터 그 옷 소매를 훔쳤다. 찢어내 감춘 것이지만 그는 이미 훔치며 비로소 거기를 잊었다.

아이가 깨어났을 때 쥐는 없다. 쥐는 그 방에서 잃어버려졌다. 아이는 비명을 지르지 않는다. 곧 끼니 때가 다가온다. 아이는 없는 것을 찾지 않는 시늉을 한다. 휴대폰들의 진동이 울린다. 낡아 가고 있다.

"그 반지는 그럼 무엇으로 만들어졌지? 네겐 누구의 뼈도 남아 있지 않았을 텐데."

나는 비로소 유령의 거짓말을 깨달았다. 그는 물음에 대꾸하지 않는다. 그의 반투명하고 물렁물렁한 영혼 가운데서 쥐의 기억은 이야기되는 동시에 소거되었다. 이야기는 나를 위해 소진되었고, 그에게는 더 해 줄 말이 남아 있지 않았다.

나의 기다림에 그는 예의바른 한숨을 거의 드러나지 않을 만큼 작게 내쉬었다. 그는 품위를 지키며 온화하게 웅얼거린다.

"저…… 들은 밤새 쉬지 않고 대화하…… 는 군요."

그는 다시 말들 사이의 빈틈을 배회하며 이곳과 거리를 두기 시작한다. 나는 붉은 돌로 지어진 탑의 뜰에 모인자들을 내려다본다. 열린 창문에서 밤공기가 엎질러진 물처럼 밀려든다.

"한낮에도 저들 가운데 하나를 보았지. 저들은 지난날을 미워해. 네가 시장이 만든 어떤 음모의 일부일 거라 믿고 싶어 하고 그들의 믿음에는 의심이 없지. 지금은 웅성거림이 저들의 전부지만, 어쩌면 다른 일이 생길지도 몰라. 나는 그들과 새로운 이야기를 만들게 될지도 모르지. 하지만 너는 점차 훼손되고 망각될 거야. 너의 희생은 잊혀질 거야. 너는 유순하게 감미로운 망각에 순종할 거야. 그것이 너의 본분이지."

나는 유령에게서 살아 있는 자와 다를 바 없는 슬픔을 끌어내 보고 싶은 충동을 느꼈다. 그러나 처음부터 희생될 운명을 타고난 그는 생전과 다름없었다. 나의 모략질과 저 아래 모인 자들의 음해에 저항하지 않았다.

나는 유령의 귓가로 입술을 가져다 대고, 저들이 왕의 새 신부에 대해 말하고 있다고 속삭였다. 저들의 말에 따르면 그것은 의혹을 불러일으키는 존재였다. 그에게 당부된 모든 사랑은 녹슨 헌신이다. 누구도 그를 충분히 사랑할 수는 없고, 사랑은 웅얼거려지는 순간에만 잠시 환해지는 슬픔이며, 교차되는 관점들만이 영원을 지탱할 수 있다.

저들의 이야기는 매혹적이었다. 유령을 뒤로 하고 새로운 이야기가 욕심 사납게 꿈틀거리고 있었다. 나는 이 마땅한 저항의 조짐이 조금이나마 유령의 관심을 끌게 되기를 기대했다. 그리하여 내가 도모했던 체념의 수작이, 다시금 허물어지는 순간을 탐욕스럽게 기다렸다.

나는 나를 위해 이야기를 만들어 낸다. 나는 유령을 살

려내, 또 한 차례 더욱 의심 없이 이야기를 쓸 수 있기를 욕
망한다.

유령은 나의 이 불면의 증세를 물끄러미 마주했다. 그
는 살아 있음에 대한 미련으로부터 멀어질수록 더욱 예의
바른 표정을 갖게 되었다. 몽롱하고 무료했다.

"한 가지…… 더 말씀드릴 것이 떠오르는군요. 이 이야
기 속에서 나는 당신을 애도했답…… 니다. 제법 오랫……
동안."

"그게 언제적 일이지?"

"아마…… 도 살아 있을 동안."

"우리는 함께 공원 밑으로 가게 될 거야. 그 속엔 너만
이 나를 데려갈 수 있는 숲이 있지. 내 가엾은 애인이 나를
따라 그곳으로 갈 테지만, 그는 거의 나와 한 몸이나 다름
없지. 그 여정에서 너는 나를 좀 더 오래 아껴 줄 수 있을 거
야."

나는 그 여정이 이미 시작된 것이나 다름없다고 비굴
하게 중얼거렸다. 그에게 열두 명의 미련들과 나 가운데서
어느 쪽을 더 사랑했는지 묻고 싶었다. 그러나 부끄러움이
나의 집요함을 막아섰다.

그는 이미 내 말에 귀 기울이지 않고 있었다. 시끌벅적
한 창가에서, 그는 오로지 자신의 텅 빔에만 매료된 듯 보

였다.

　나는 그를 남겨두고서 침대로 기어들어가 잠을 청했다. 아래층에서 날아든 날벌레가 조그맣게 윙윙거렸고 어느 순간에는 적막이 찾아왔다. 유령은 잠들지 않았다. 내가 잠에서 깨었을 때는 한낮이었다. 한낮이 되자 창가 아래로는 또 다른 소문을 떠드는 성난 여자들이 모여 들었다. 그들은 어느 비정한 고리대금업자의 뜰에서 하늘에 닿도록 커다란 식물의 줄기가 뻗어났다고 쑥덕거렸다. 그들은 그를 괴물이라 불렀다.

　10

　예배당 뜰은 새벽부터 소란해진다. 신문을 돌리던 어린 아이들이 달려와 흙을 뚫고 자라난 굵은 몸뚱이에 뺨을 부빈다. 굶주린 아이들은 그 껍질을 뜯어 먹고서 견디기 어려운 씁쓸함에 이내 침을 뱉는다.

　개가 코를 킁킁대고, 고양이가 등을 문댄다. 절뚝거리던 자가 욕설을 뱉고, 사제들이 놀라움을 토로한다. 화난 사내가 불륜을 저지른 연인을 붙잡으러 예배당으로 뛰어든다. 그는 울음을 터뜨리며 암녹색의 굵직한 몸뚱이에 몸을 기댄다.

소문을 옮기는 자들이 이 거대한 징조를 염탐하려 길가를 어슬렁거린다. 멧비둘기 떼가 높은 곳에서 낮은 곳으로 하강한다. 왕이 신부를 데리고 진주를 사려 맞은편 상점을 기웃댄다. 암살자가 몸을 감춘다. 사람들이 그를 숨긴다. 투덜대는 자들의 음모를 감춘다.

— 문득 아무 일도 일어나지 않는다.

골목에서 부랑자가 걸인의 돈을 빼앗는다. 무용수가 엉뚱한 여자를 의심한다. 뛰어다니던 여자가 줄기를 구경하러 모인 사람들에 부딪혀 넘어진다. 느리게 걷던 산책자가 걸음을 멈춘다. 새끼를 데리고 온 두 마리 말이 높은 곳에 매달린 잎사귀에 잇자국을 남긴다. 고삐를 든 문지기가 동전을 줍는다. 부유한 여인들 앞에 나타난 장군이 딸의 유품을 으스대며 덜그럭거린다. 여름비가 내린다. 쥐 두 마리가 음식 부스러기를 물고 달아난다. 우울한 소녀가 쥐를 쫓아 진흙탕을 달린다.

— 돌연 아무 일도 일어나지 않는다.

"저기 너의 애처로운 여자가 온다. 난폭한 내가 슬픈 나를 만나려 유복한 자들의 뜰로 걸어 들어온다. 유령이 너의 그늘에 가린다."

노파가 중얼거린다. 나는 그의 말에 뜰을 내다본다. 황소 한 마리가 풀을 뜯고 있다. 나의 줄기는 구름 가까이로 자라났다. 비에 젖은 두터운 잎사귀들로부터 이따금 보푸라기 같은 물방울이 굴러 떨어진다. 물벼락을 맞은 사람들이 분통을 터뜨리며 누군가로부터 모든 일의 원인을 찾아내고 있었다.

"어디에 누가 있다는 거죠? 나는 아무도 보이지 않는데."

"욕심을 버려. 너는 늘 지나치게 많은 걸 원하지. 천천히 들여다봐. 저기 멀리 너의 두려움이 다가오고, 나는 곧 나를 마주친다. 호주머니에 칼을 숨긴 내가 시절이 된 내게로 가까워진다. 이야기에는 피할 수 없는 일들이 있다던 너의 체념을, 내가 너에게 되돌려준 적 있었던가?"

노파가 때 절은 손톱을 물어뜯고 깨진 다리뼈를 줍는다. 돌연 쯧쯧 혀를 차며 나를 붙든다. 그는 내가 창가로부터 미끄러져 어딘가로 굴러 떨어지기라도 할 것처럼 걱정하고 있다. 한낮이 오자 그의 말들은 온통 불길함으로 얼룩져 간다. 혼곤해지고, 무뎌진다.

무덤에서 깨어난 노파는 되살아난 시체답게 걱정투성이다. 겁을 내고 허기져 하며 희망하던 일들의 정체를 잊는다. 그럼에도 나는 그 늙수그레한 손이 무척 따스했다. 우리는 함께 밤을 보낸 뒤 전에 없이 다정해져 있었다.

나는 그의 손등에 나의 가지를 겹쳤다. 축축하지만 보드라운 표피가 그를 잠시 안심시켰다. 그의 주름지고 부패한 손바닥에는 여럿의 주름이 자리한다. 손바닥을 넘어서지 않는 안온한 빗금, 사람의 살을 여닫는 무딘 창살, 겹겹이 쌓인 사랑의 긴 한숨, 누구도 가둘 수 없는 빈 미로, 그들은 모두 이곳에서 서로를 가로지른다.

나는 선과 선의 교차를 유심히 살피고, 손금을 읽고, 그가 내게 지나치게 떠들어 대는 이야기들의 진상을 이해해 보려 애썼다. 관점을 어떻게 정하든 일그러진 굴곡은 이미 완성되어 있었다. 왼쪽이 오른쪽이 되고, 아래가 위가 되어도 미완성은 생겨나지 않는다. 파고들 틈새는 없다. 선과 선들, 뼈 같은 돌이 비치는 사랑스러운 무료함. 나는 노파의 손에 볼을 기대었다. 그는 더 이상 나를 보고 있지 않았다.

그는 나를 남겨 두고 천천히, 낮이 불러일으키는 어두운 몽상 속으로 가라앉는다. 나는 그를 밀치며 일어났다. 뜰로 나가 보겠다고 말하자 노파는 대꾸하지 않았다. 복도는 미처 잠에서 깨어나지 못한 빈자들로 웅성이고 있었다.

"돌아오지 않는다면 기다리지 말아요. 그를 찾아봐야겠어요."

나는 노파를 떠나며 경고를 남긴다. 나의 협박은 그에

게 닿지 않는 듯 보인다. 그는 침잠하고 있다. 아집으로 응고되고 있다. 그의 쇠약한 어깨가 멀리 두고 온 무덤 쪽으로 기울어진다. 나는 복도에 흩어진 뼈 또는 돌멩이 부스러기를 조심스럽게 지나쳐 등을 돌린다.

노파의 예언은 나를 떠났던 젊은 여자의 과거다. 노파의 말은 더 이상 그 자신을 가리키려 하지 않고, 그리하여 분열된다. 나는 복도를 빠져나가 계단을 내려가며 멀리서 뜰로 들어서는 젊은 여자를 발견했다. 그는 노파의 짐작대로 화가 나 보였다. 오갈 데 없는 분노로써 충실히 스스로의 예감에 반응하고 있는 것이다.

젊은 여자는 나를 보고서 두 손으로 천천히 자신의 얼굴을 감쌌다. 그의 뺨이 붉어졌다. 그의 잿빛 머리카락이 폭우 속 전나무 숲처럼 출렁거렸다. 문득 다시 여름비가 진흙을 적셨다. 빗방울이 떨어지자 거대한 식물 근처를 어슬렁거리던 구경꾼들이 비명을 지르며 달아났다. 혼비백산한 사람들 사이에서 여자는 어쩔 줄 모르고 당황해 있었다. 나는 그를 이끌고 질긴 잎사귀의 적당한 그늘로 숨어 들었다. 빗방울이 잎사귀 테두리를 따라 부드럽게 고였다.

"너로구나. 소문을 듣고 네가 여기 근처에 있을 거라고 생각했어. 너는 이따금 너를 닮은 것에게 매료되니."

여자는 숨을 몰아쉬며 중얼거렸다. 헐떡임에 가까운

그 목소리에 나는 슬픔을 느꼈다. 그 목소리는 노파의 것보다 지나치게 젊었다. 여자의 손이 나의 가지를 움켜쥐었다. 내가 사랑하는 것은 언제나 그였으나, 내가 만난 두 사람은 어느 쪽도 충분히 그가 아니었다.

그럼에도 내가 기다리고 있던 것은 틀림없이 이 사람이었다. 나는 보이지 않는 거미를 떼어내려는 듯 여자의 목에 손을 얹었다.

"어젯밤은 어디서 잠을 청했나요? 당신이 나를 찾으러 돌아오지 않을지도 모른다고 생각했어요. 물론 돌아올 거라는 생각을 더 많이 했죠."

"여전히 많은 생각들을 하고 있었군."

"그럴 수밖에 없잖아요."

나는 여자가 온 몸에서 물기를 털어내는 모습을 지켜보았다. 그에게 들려주고 싶었다. 택시에서 깨어났을 때, 내가 너절한 통증과 함께 오롯이 혼자 남겨졌음을 깨닫고 무엇을 느꼈는지 털어놓아야 했다. 그러나 그가 정말로 결백할까. 그는 모든 걸 이해하면서도 괴로워하지 않는다. 나는 그에 대해 체념할 수 없어 침묵했다. 여자는 못 보던 손수건을 꺼내 나의 젖은 가지를 닦아 준다. 나는 그에게 그것이 어디서 났느냐고 물었다. 여자는 내답하지 않았다.

그는 언제나 그렇듯 미래에 대해 골똘히 생각하고 있

었다.

"이 징그럽고 큼지막한 잎사귀가 우리를 잠시나마 돕게 될 줄은 몰랐어. 비를 피하기엔 제법 적당한 걸."

"다른 사람들은 다 어디로 간 걸까요? 예배당 안에 숨어 들었겠죠."

"그렇게 허겁지겁 달아나지 않아도 되었을 텐데. 사람들은 어리석어. 이 소낙비가 그들의 남루한 오후를 망쳐 놓고 말 거라고 생각하지."

"두려움이 그들의 다리를 당신보다 빠르게 뛰도록 만들었군요."

"나는 어제부터 너를 찾아 헤매느라 너무 지쳐 버렸어."

"줄곧 혼자였나요?"

나는 그의 어깨로부터 난폭한 분노가 떠나가는 것을 지켜보았다. 그가 주위를 두리번거리며 눈을 데룩데룩 굴리는 것을 지켜보았고, 옹색한 대답들 가운데서 미소 짓는 모습을 지켜보았다. 그리고 그가 결코 혼자가 아니었음을 깨달았다.

여자가 공원으로 만나러 간 것은 이야기의 유령이었다. 한때 그가 가장 큰 아량을 베풀어 슬픔을 거두어들인 끝이었다. 그는 체념과 평온이 하나가 될 수 있다고 믿었다. 믿음은 종종 그의 편이었으나, 그는 서서히 모든 이야기를 잊어버렸다.

여자는 그가 만든 이야기를 되살려내 거머쥐려 하고 있었다. 그는 그것을 더욱 온전히 가져야만 비로소 직성이 풀릴 듯했다.

아니다. 나는 그런 거짓에 속지 않을 만큼 사랑에 능숙하고 능란했다. 여자는 여럿에게 매료되어 있었다. 순종과 굴종에, 새로운 이야기들에, 자기가 서랍 속에 숨겼으나 끝내 소거되지 않은 것들에.

그는 모방된 불멸에 매혹당한다. 끝없이 회복되는 헌신의 아량에 어린 애처럼 감동한다. 더는 영원하지 않은 것들의 눅눅하고 누추한 자국으로 만족스럽게 허기를 채운다.

나는 아물어 가는 상처를 그에게 보여 주며 미소 지으려 했다. 그러나 그는 내게 다른 것을 말하고 싶어 했다. 피로한 시늉을 하는 여자의 눈에는 피로로 감출 수 없는 기쁨이 번득거렸다.

"네가 볼 수 없다니 놀라워. 여기 이토록 따분하게 꾸물대고 있는 존재를. 네 바로 옆에서 그는 지금 너를 들여다보고 있지. 보고 있지만 아무것도 보지 않는 눈길로. 보인다고 해도 전혀 매료당하지 않는 무심함으로."

"누가 내 옆에 있다는 거죠? 아무것도 보이지 않는데."

"어리석기는. 그 순진한 어리석음이야말로 너의 기쁨이겠지."

여자는 내 바로 옆에 그가 끌고 온 유령이 서 있다고 말한다. 그는 끽끽 소리가 나는 숨결로 탄성을 뱉는다.

그가 나의 가지를 세게 움켜쥔다. 자기가 무언가를 보고 있음을, 유령이 내 근처에 있으며 그것과 나의 관계란 사실상 가지를 뻗으면 거의 닿기 직전의 가까움이라는 것을 확신시키려 한다. 나는 그를 믿는다.

여자는 돌연한 부끄러움에 사로잡혀 나와 내 옆의 빈 곳을 힐끔거렸다. 기쁨에 찬 한숨을 내쉬고서 중얼거렸다.

"이렇게 나란히 보고 있으니 이제 알겠어. 이 애는 너를 조금 닮았어. 한편으로 전혀 다르게 보이기도 하지. 이야기는 너를 닮고, 너는 이야기를 닮았구나. 둘 중 어느 쪽도 서로를 충분히 갖지는 못하겠지. 이 애가 아무리 너를 닮아도 너는 이 애가 될 수 없는 셈이야."

"나는 유령처럼 체념하기에 너무 탐욕스럽죠."

"맞아, 정말 맞는 말이지."

나는 그의 미소에서 비열한 모욕의 기미를 읽는다.

"하지만 그건 모두 당신을 사랑하기 때문이에요. 기억나지 않는 사랑을 되찾고 싶기 때문이기도 하고, 당신이 나를 사랑한다는 사실을 여전히 믿고 있어서이기도 하죠. 영원이 당신을 사랑하는 건 당신이 영원을 사랑하기 때문일 수도 있지 않나요? 그러니 더는 나를 나무라지 말아요."

여자는 안쓰럽다는 듯 그가 나의 뺨이라 생각하는 곳을 쓰다듬었다. 그러나 사람이 아닌 내게는 얼굴이 없고, 머리칼이 없고, 볼도 입술도 없으며, 사랑을 위해 사람의 모습으로 짓눌린 녹녹함뿐이다. 나는 그가 나를 보지 못하듯 내가 그의 가여운 유령을 볼 수 없음이 당연하다고 믿어 보려 애썼다. 그리고 곧 외로워졌다.

외로움은 돌연하게 강렬해졌다.

나는 흐느낌을 터뜨렸다.

"약속해요. 절대로 나를 모욕하지 말아요. 동정하지도 말아 줘요. 나는 다만 당신을 위해 나를 내동댕이친 것뿐이니까요. 나는 그 욕심 사나운 신들 곁에서 너무도 오랫동안 당신을 기다렸죠. 당신이 나를 기다리고 있다고 믿으면서."

여자가 당황하며 미끄러져 나오는 나의 눈물을 문질러 닦았다. 그에게서 어렴풋 소금과 모래 냄새가 풍겼다. 우리가 아직 그 먼 서재를 떠나지 못한 듯한 기분이 들었다. 나는 그의 차가운 손을 떨리는 가지로 붙잡았다. 그는 내게 사과하고 싶은 듯했다. 여자의 눈언저리는 딩혹감과 번민, 습관적인 무료함으로 물크러져 있었다. 나는 소용없음을 느끼면서도 그에게 애원했다.

"내게 사과하고 싶다면 해도 좋아요."

"듣고 싶은 말이 있다면 알려줘."

"이미 알고 있겠죠."

"하지만 나는 기억을 잃었어. 너와 똑같지."

"그렇다면 그냥 아무 말도 하지 말아요. 손수건을 내게 주세요. 유령에 대해서는 더 이상 이야기하지 말아요. 잠시 그렇게 하기로 해요."

그는 드디어 내가 무엇을 질투하는지 깨달았다. 알아차렸다는 시늉을 해 보였다. 비가 그치자 우리는 예배당 안으로 들어갔다. 그가 침묵하자 유령의 미미한 존재감이 서서히 나의 신경을 거슬렀다. 유령은 조용히 우리 뒤를 따르고 있었다. 그는 이따금 뒤를 돌아보며 그 존재를 기다렸다.

유령은 걸음이 느리다. 나는 그를 두고 걸어 보려 하지만, 그는 느리고 꾸준하게 우리 뒤를 따른다.

우리는 다음 날이 되어도 이 삶을 떠나지 못한다. 여자는 저 거대하고 활기찬 생명을 해치워야만 우리가 떠날 수 있을 것이라 믿는다. 적을 앞둔 군인처럼 시시때때로 뜰을 맴돈다. 이 소란한 도시를 남겨두고 가기에, 그는 너무 많은 소문에 귀기울여 버린 뒤였다.

　나는 나를 붙드는 삶의 긴긴 복도에서 잠들었다가 깨어났다. 여자는 밤이 오자 기댈 곳을 찾듯 나의 몸뚱이에 자신의 머리를 겹쳤다. 잿빛 머리카락이 실타래처럼 나의 가지를 휘감았다.

　밤이 지나가도록 여자는 기둥 뒤에 웅크린 노파를 알아채지 못한다. 그는 오직 앞날만을 따져보며 불면을 이겨낸다.

　"도끼가 있어야겠어."

　날이 밝자 잠에서 깬 여자는 뜰을 보며 무심하게 중얼거렸다.

　"내가 가진 칼로는 들지 않아. 떠나기 전까지는 저 심상찮은 징후를 뜰에서 소거해야 할 텐데. 그렇지 않고서는 마음 편히 떠날 수 없을 테니."

　여자는 여전히 저것이 나의 일부임을 이해하지 못했다. 기억하지 않기를, 자꾸만 잊으며 모욕을 일삼기를 원했다. 나는 어제와 똑같은 물음을 던졌다. 흘러나오는 순간 우리에게서 잊히는 말들을.

　"왜 우리가 그렇게 해야 하죠?"

　"이 도시는 예산을 엉뚱한 곳에 쏟아 붓고 있지. 수상쩍은 부랑배들이 혁명을 꿈꾸고, 혁명가들은 이미 도시를 떠났단 말이야. 자기가 쓴 이야기들을 다른 도시에 팔기 위해. 그들은 가난하지. 혁명을 일으키기엔 모든 부가 턱없이 부족해. 그러니 저 흉측한 것을 내가 아닌 누가 잘라낼 수 있겠어."

"당신은 겨우 사흘 만에 이야기에 대해 많은 걸 알게 되었군요."

"그것이 이야기의 운명이니까."

나는 그의 자만심 섞인 허풍을 잠자코 견뎌 보려 했다.

그의 옆모습은 하룻밤 사이에 변해 있었다. 그에게 이 이야기의 사흘은 일 년이자 일 초이며 그가 써내려갈 수 있는 온갖 시간의 글자다.

그는 주름 없는 뺨과 불멸을 꿈꾸는 눈빛을 지닌 예언자처럼 보였다. 시민들과 붉은 석탑 아래 모인 것은 다름 아닌 그였는지도 모른다. 그는 나를 두고 미로의 낮은 담장을 넘어 나아간다. 잃어버린 기억은 그를 이끄는 낯익은 상상이다.

그는 늘 이야기의 어쩔 수 없음을 이해하는 시늉 하며 하염없이 다음을 기다리는 것이다.

신경질적인 침묵이 흘렀다. 우리는 복도가 끝나는 모퉁이에서 서로 기대어 앉았다. 기둥 뒤에서 노파라 불리는 어린 날이 우리를 염탐했다. 나는 그 오래된 고독을 알아챘다.

시간이 흘러도 여자는 무엇 하나 깨닫지 못했다. 그저 자신을 쫓아다니는 유령과 온갖 웅성거림, 나를 향한 모욕에의 충동을 견디며 침잠할 따름이었다.

사랑스러운 여자가 조용히 자기 내부로 미끄러진다. 웅숭깊어진다. 앞날처럼 과거가 된다.

문득 오후가 다가온다.

"저길 봐요. 귀여운 사람."

나는 그를 깨우며 노파를 가리켰다.

"저기 당신이 숨어 있어요. 보이나요? 성벽 너머 버려두고 왔다고 믿었겠지만 당신은 늘 갑작스럽게 당신을 뛰어넘죠."

여자가 화들짝 놀라며 기둥들 틈을 두리번거렸다.

"나도 늘 혼자였던 건 아니에요. 한 번은 밤이 깊도록 당신과 있었어요. 오래전 당신이 떠난 당신의 몸뚱이와."

젊은 여자는 비로소 기둥 아래 숨은 노파를 발견했다.

여자는 자기로부터 돌연히 끌어올려져, 거의 낯설어지다시피 한 한낮의 복도를 응시했다. 흐리멍덩한 눈이 겁에 질려 껌뻑였다.

여자가 원하는 것이 무엇인지, 아무도 눈치채 줄 수 없을 것 같은 순간이 찾아왔다. 그는 잠시 유령과도 같았다.

"내게 저 자를 알려주는 건 내가 나를 다시 해치워 버리기를 원해서야?"

나는 여자의 순진한 물음에 대답하지 않았다.

"그는 때로 당신보다 더 상냥하죠."

여자는 어린 애처럼 손톱을 물어뜯었다. 메마른 그의 얼굴에 서글픈 경계심이 번져 갔다.

"그는 딱히 원하는 게 없어요. 이제는 당신의 대답조차 바라지 않죠."

나는 그의 자존심을 다치게 만들고 싶었다. 그가 방심하는 사이 내가 그가 모르는 것을 알게 되었음을 가르쳐주고 싶었다. 연약한 뿌리와 줄기, 물기 많은 꽃과 물컹한 잎사귀들을 짊어지고서도 내가 알아차린 그에 관한 수상쩍은 진실이 있음을.

여자를 뒤흔들고, 몽상으로부터 끄집어내게 되길 바랐다. 나는 탐욕스러워진다. 한순간 이야기보다도 무한해진다.

"우리가 잃은 기억을 저 과거는 잃지 않았어요. 어떤 것은 잊었지만 기다림만은 늘 기억하죠. 그는 내게 사랑한다고 예의바르게 속삭였고, 또 다른 것도 알려줬어요. 아주 요긴한 것을."

"그는 아무것도 기억할 수 없어. 그는 기억을 등지고 비틀거리는 부엌문의 황혼이자 책꽂이 아래 사는 가벼운 새끼 거미일 뿐이지."

여자는 다리를 떨고 무릎을 흔들고 어깨를 비튼다. 그의 모든 말은 두려움으로 흘러드는 북풍과 서풍 사이의 밀물이다.

"너는 비가 온다는 걸 잊고 있어. 이토록 춥고, 이토록 따스하지. 이런 여름비 아래서는 땅거미도 새끼 거미도 걸어나갈 수 없지."

"당신은 두려움으로 천을 짜는 흰 거미 같군요. 그는 더 이상 걸을 필요가 없어요. 그는 잠에서 깨어나 마주한 첫 벽의 무한하고 무료한 인상에 사로잡힌 영혼이죠. 그는 더듬거리며 말을 배우듯 이 길에 비밀을 떨구죠."

"그의 비밀이 뭐지? 나는 이미 나의 온순한 유령처럼 거의 모든 것을 이해해 체념하고 있는 걸."

"체념은 당신을 지키는 마지막 새끼 염소죠."

"혹은 싱그러운 산딸기 덤불."

"뱀처럼 땋은 머리카락을 비추는 거울."

"보고 싶지 않은 것을 보지 않는 거인의 눈."

"그는 말했죠. 당신이 이 이야기의 온선한 수인이 아님을."

이제 여자는 두려움으로 입을 다문다.

나는 위가 아래로 읽히고 아래가 위로 읽혀도 미완성을 찾을 수 없는 그의 가엾음에 매료된다.

물크러지는 사랑으로 인해, 나는 여자에게 속삭였다. 그는 가장 날카로운 열두 개의 도끼를 가지고서도 내가 기른 씨앗을 없앨 수 없을 것이라고.

"당신은 당신을 죽일 수 있죠. 하지만 나를 죽일 수는 없어요. 그것이 내가 기억해 낸 바이자, 늙은 당신이 내게 속살거린 이야기죠. 당신이 나를 혼자 두고 떠난 동안 드러나 버린 고약한 진실이고요. 이 이야기는 당신을 거쳐 당신 너머로 떠나죠. 당신은 영원을 사랑하는 물레 가시고 영원은 당신에게 찔리는 어린 손가락이에요. 당신이 만든 이야기는 내가 될 수 없듯 당신이 될 수 없죠."

이 도시의 체념에 어떤 이름을 붙이든, 어떤 자정을 바쳐 스스로의 유령에 대해 써내려가든, 몇 차례 긴긴 정오를 살해하든, 여자는 다시금 나를 원하지 않을 도리가 없다.

나는 문득 그가 나를 없애고 싶었던 적이 있을지 궁금해진다. 멀리, 우리를 가로지르는 열두 조각의 기억이 자라나는 것이 보인다. 그것은 우리가 내던져 길러낸 붉고 검으며 흰 빛의 얼룩덜룩한 열매다.

어스름에 숨은 것이 이야기에 대하여 웅얼거린다. 이

야기를 만드는 자의 분열된 이름이 복도의 웅성거림에 뒤섞인다.

나는 그 이름을 듣는 순간 기억한다.

기억하는 시늉을 한다.

끝내는 사랑스러운 여자를 사색이 되도록 만든다.

파리해진 여자는 자리에서 일어나 노파에게로 다가간다.

능숙하고 능란한 솜씨로 접이식 칼을 꺼내 노파의 몸을 긋는다. 끈적거리는 종잇조각들이 열린 몸에서 요란하게 떨궈진다. 나는 그 광경이 되풀이되어 왔다는 걸 안다.

여자는 한숨을 내쉬고 비틀대다가 무릎을 꿇는다. 주저앉아 무너진 물결이 된다.

그의 열린 몸에서 기도들이 쏟아져 나온다. 가볍게 구르는 종이 나비들이 복도를 어지럽힌다.

예배당의 온기를 쫓던 시민들이 비명을 지른다. 부유한 여인들이 부채를 펼친다. 장군이 딸의 유품을 소매에 감춘다. 왕의 신부가 진주 목걸이를 떨어트린다.

실에서 풀려난 진주알들이 복도를 구른다. 아이들이 진주를 주위 밖으로 달아닌다. 금세 보이시 않게 된다.

나는 카펫 아래로 굴러 들어간 탄환과 보석을, 열차의

종이 차표를 발견했다. 곡면에 갇힌 빛이 나의 눈을 찔렀다. 나풀거리는 끊어진 실이 복도를 간질였다.

노파는 떠났다.

그리고 이야기는 떠난 이들을 되살리기 위해 만들어진다.

고개를 들자 유령이 보였다. 비로소 보이지 않던 것이 눈에 들어왔다. 빈 소녀가 복도의 소란을 지켜보고 있었다. 나는 그 유령과 눈을 마주쳤다. 유령의 눈은 더없이 몽롱하고 무심하다. 그는 내게 무언가 잊고 있는 것에 대해, 더욱 잊어야 하는 것에 대해 털어놓아 버리려는 것처럼 보인다.

나에게는 사람의 눈동자가 없다. 사람이 아니므로 얼굴이 없고, 손과 발이 없으며, 그에게 입맞추는 입술이 없다. 그럼에도 내게는 여자와 유령, 이야기된 도시와 이야기되지 않은 도시를 바라보는 눈길이 있다. 나의 시선은 부풀어오르는 정오, 더는 작아질 수 없는 입자가 되어 깨진 지붕으로 흐르는 영원이다.

연인에게로 향하는 사랑이 내게 슬픔의 살을 덧씌운다. 이제 나는 허기 속의 더는 작아질 수 없는 점이 된다.

나는 헤매기를 그만두고 싶지 않다. 이토록 깊은 잠에

든 것은 오랜만이지. 잠은 나를 부드럽게 감싸다가 어느 순간 나를 옥죄어 짓누른다. 가장 깊은 다정함이 나를 어딘가에 내버려 두고서 문을 잠근다. 나를 깨우려 흔드는 손과 나를 잠재우는 손은 하나의 몸뚱이를 지니고, 너는 나로부터 사람을 지워 남겨진 사랑이다.

너는 수업을 마칠 때면 책상에 머리를 묻는다. 네게 시간은 열두 개의 문으로 이루어진 단 하나의 이야기고, 너는 갓 태어나 처음 네 다리에 힘을 실은 산양이지. 너는 녹아가는 얼음, 사라지기 위해 자라난 뿔, 이미 녹아버린 얼음, 초여름의 짧은 비, 쓰지 못한 글씨들의 모든 이야기지. 너는 나를 위해 잠시 네가 되기를 미룬다. 너는 되돌아볼 수 없는 지하의 길이고 멀리, 걷고 있는 네가 보여.

나는 네가 견딘 열두 번의 수업이고 너는 나를 기다리던 작은 종이지. 나는 잊혀진 악기들의 무덤에 너를 감춘다. 영원이 너를 사랑하는 것은 네가 영원을 사랑하기 때문이고, 네가 영원을 사랑하는 것은 영원이 너를 사랑하기 때문이지.

이제 모든 것이 의심스러워진다.

칼을 쥔 젊은 여자가 다가와 나의 축축한 눈가를 어루만졌다.

연인을 위한 퇴고

"봐, 나는 다시 한 번 끝냈어. 후련해진 거지. 우리는 조금 더 멀리 가게 될 거야. 나는 너를 버리지 않을 것이고, 너는 나를 떠나지 않을 거야. 약속…… 하자."

"우리는 어디로 가나요?"

"도시 아래…… 로."

"어디로 간다고요?"

"나의…… 숲으로."

여자는 돌연 더듬거리며 가슴을 쥐어뜯는다. 그의 열린 몸에서 부치지 못한 편지들이 쏟아진다. 복도에서 찢어진 편지들이 뒤섞인다. 나는 두려움에 사색이 되어 여자의 기도를 주웠다.

"그래요. 괜찮을 거예요. 당신이 원하는 곳으로 가요. 당신 말대로 이야기에는 일어나야만 하는 일들이 있죠. 당신이 만든 이야기에는. 오직 당신의 것인, 내가 아끼고 탐내던 당신의 사랑에는."

나는 급히 거짓말을 지껄인다.

그러나 나는 이미 여자가 자신을 버렸음을 안다.

이해할 수 없어도 견뎌야 하는 일들이 있다. 나는 그 말을 그에게서 들었지만, 그는 그 말을 나에게서 들었다. 우리는 이야기의 음모에 기억을 잃는다. 나는 그가 이야기를 만드는 책임으로부터 조금씩 작게, 아래로, 줄어들고 무너지며, 달아나고 있음을 느낀다. 나의 속살거림이 그를 무너뜨렸음을 예감한다.

"일어나요. 이제 가요."

나를 만났으니 이제 떠날 시간이다.

나의 가지가 여자의 팔목을 휘감자 그의 팔은 어깨부터 부드럽게 으스러진다. 여린 것이 문드러지며 그 안쪽에 고였던 모래와 고름이 흘러내린다. 나는 울음을 억누르다가 흐느낌을 터뜨린다. 여자의 물컹한 다리에서 유리 조각과 파도와 집이 드러난다.

그는 이야기를 만들기 위해 이곳으로 왔다. 이제 그는 책임으로부터 자유로웠다. 나의 고백은 그를 의심으로 인도했고, 그는 약속을 어기는 중이었다.

뼈를 닮은 돌이, 끝내는 목뼈가 꺾이며 그가 무너진다.

나는 흐느끼며 조각나는 그를 그러모았다.

우리는 죽은 자를 되살리기 위해 이야기를 만든다. 잃어버린 것을 되찾기 위해 멀리 떠난다. 높은 곳에 오른다. 낮은 곳으로 기어든다. 미끄러지고, 올라타며, 흐느끼고, 움켜쥔다. 나는 사람이 아니므로 흔들림 없이 집요하게 양분을 욕망한다.

잃어버린 기억을 되찾아야 했다. 나는 정성껏 그의 잔해를 챙겼다.

여자의 몸뚱이에서 남겨진 것은 희고 둥근 첫 번째 목뼈뿐이었다. 그 빛깔은 자세히 들여다보면 금세 얼룩덜룩한 더러움을 들켜 버리는 연약한 것이었고, 나는 그를 조심스럽게 노파의 주머니에 챙겼다. 칼을 주워 다시 반듯하게 접었다. 칼을, 편지들을, 씨앗들과 집을 모두 주머니에 넣었다.

유령이 나를 기다리고 있었다. 그 묵묵한 아이에게 남은 의지란 나를 어디론가 데려가려는 것뿐이었다.

우리는 뜰로 나와 아직도 무성하기만 한 나의 식물에게로 다가갔다. 한 떼의 사람들이 우리를 둘러싸고 무슨 일이 벌어진 것인지 물었다.

나는 솔직하게 답해 주었다.

나의 사랑이 스스로를 떠났어요. 작은 칼로 자신을 가로질러 몸을 열었죠. 그러자 불꽃이 쏟아졌고 나는 나의 이름이 쓰인 그 환한 글을 챙겼어요. 어쩌면 읽어 본 적 없는 이야기일 거라 믿었지만, 펼치자 알게 되었죠. 그건 내 것이기도 한 마음이라는 걸.

"이 아…… 래로 가요. 내려가면 다시는 뒤를 돌아봐선 안 됩…… 니다."

유령이 줄기 아래 흙을 헤집어 감춰졌던 문을 열었다.

도시로부터 밀물처럼 밀려든 온순한 유령들을 위한 문이었다.

11

모래밭 가운데 여자의 무덤이 있었다. 울창했던 오래전의 숲에는 숲이 남아 있지 않았다. 한때 도시였던 땅에는 도시가 남아 있지 않았다.

여자는 건조한 무덤에서 조심스럽게 첫 발을 뗐다. 기다란 무덤 복도의 천장이 무너져 빛이 쏟아져 들어왔다. 그는 누워 있던 자리를 떠나 납작한 돌바닥을 밟고 섰다. 이음새가 썩어 형체가 무너진 나무 관이 그의 오랜 침대였다. 여자는 주위를 두리번거리다가 그의 맞은편에 놓인 다른 침대를 발견했다.

누군가 먼저 이곳에 있었다. 풀썩 주저앉은 관의 더께에 누군가 오랫동안 웅크리고 있던 흔적이 보였다. 그가 앉아 있던 자리를 빼면 더께는 온통 이끼투성이였다. 우묵한 빈자리 둘레의 암녹색이 여자의 발길을 이끌었다. 여자는 이끼 가운데 자리로 들어가 잠시 앉아 보았다.

해가 저물었다. 여자는 새벽 어스름 가운데서 금붙이 몇 점을 발견했다. 부장품이었다. 여자는 자신의 길고 치렁

치렁한 수의로부터 실 몇 가닥을 풀어냈다. 수의의 황금 실은 이미 그 빛을 잃은 지 오래였다. 그러나 그것은 아직 실이었고, 서로를 얽어맬 수 있었으며, 너무 거세게 잡아당기지 않는 한 잠시나마 부스러지지 않을 듯 보였다. 그는 오래도록 조심스럽게 실과 실을 엮었다. 작은 고치를 닮은 주머니를 엮어 냈다.

금붙이를 챙긴 여자는 그 묵직해진 주머니를 흔들며 복도를 나섰다. 깨진 천장에서 이따금 더러운 빗물이 흘러내렸다. 오래된 무덤의 천장에 고인 것들이 복도를 적셨다. 여자는 마주치는 물의 흔적마다 거리낌 없이 발을 담궜다. 그에게는 발이 있었고, 발목이, 마음이, 아직 많은 것들이 남아 있었다.

그는 기나긴 복도를 지나며 자신이 가진 것을 떠올렸다. 갖지 못한 것을 기억해 내려 애썼다.

끝나지 않은 잃어버림이 있었다. 아직 잃지 않은 미련이 있었다. 고지대에 자리 잡은 그의 거대한 무덤은 아무리 걸어도 끝나지 않을 듯 길고 긴 복도들로 이루어져 있었다. 여자는 흥얼거리다가 이따금 돌연한 울화에 흐느낌을 뱉었다. 그는 주머니를 빙빙 돌리고, 그것을 난폭하게 휘둘렀다. 그러면 실들은 어김없이 바스러졌고 거기 담겨 있던 것들이 모조리 우르르 쏟아졌다. 금과 산호, 옥과 진주가 젖은 복도를 데굴데굴 굴렀다.

주머니를 다시 엮으려 여자는 자신의 수의를 조금씩 더 풀어 나갔다. 어느 날 그의 옷차림은 거의 벗은 것이나 다름없이 헐거워졌다. 그는 옷을 벗고 조심스럽게 접어 마지막 주머니를 만들었다. 그것은 몹시 컸으므로 그에게 더 큰 기대를 불러일으켰다. 기대란 목화솜과 잔잔한 바다의 물결, 토성, 꽃삽, 떡과 보리밥으로 이루어진 단어다. 깃펜, 겨울비, 야간열차, 금잔화, 청어 떼. 그런 말들이 떠올라 물결에 실린 조각배들처럼 모서리를 마주한다. 배는 어디에든 정박할 수 있다.

밤이 오자 여자는 돌연 예기치 못한 허기를 느낀다.

여자는 헐렁한 주머니에서 금붙이를 달그락거리며 무덤을 떠난다. 모래가 그의 수의를 다시 입힌다. 그는 벌거벗을 수 없고, 자기가 누구인지 잊을 수 없다. 그의 몸은 동틀 녘 해처럼 여물다가 밤이 되어 이지러진다. 문득 다시 아침이 온다.

새벽이 검푸르게 물크러진다. 여자는 바닷가 끝에서 어디로 가면 좋을지 골똘히 생각에 잠긴다. 저기 바깥에 그를 기다리는 자가 있다.

여자는 몇 개의 금붙이 가운데서 가장 보기 좋게 번들

거리는 반지를 꺼내 손가락에 끼운다. 그의 손가락이 반지의 무게에 통증을 느낀다. 여자는 웅덩이로 굴러떨어지는 반지를 주워 주머니에 담고 길을 나섰다. 자꾸만 늘어지는 주머니를 질질 끌며, 언젠가 그가 이미 걸어보았던 비밀들로의 여정에 다시금 오른다. 그의 마음은 온통 오래된 사랑으로 부드러워진다.

12

지하로 이어지는 동굴은 안쪽까지 비에 젖어 있다.

동굴의 연약함은 흙을 타고 흘러내리는 비를 막을 수 없다. 종유석과 석순은 온통 빗물로 투명하게 반질거린다. 돌의 뜰은 사람과 사람이 아닌 자의 발길을 나누지 않는다.

유령은 조용히 돌 틈 사이로 걸어 나간다. 석상들이 서 있다. 돌로 된 이들로부터 미끄러진 물방울이 나를 적신다. 젖은 길은 미끌거리고, 이 길의 온갖 걸음은 불안을 위해 바쳐지는 제물이다.

유령이 나를 안내하는 곳은 산 자와 죽은 자가 뒤섞이는 깊은 곳이다. 되풀이되는 여정은 낙원이자 일부러 잊혀지는 채소밭, 터져 나간 석류알의 격납고를 향해 끝과 시작을 잇는다. 나는 사람이 아니므로 그를 따라 어디로든 갈 수 있다. 우리는 둥글게 원을 그리며 걷던 주정뱅이가 무심코 미끄러지는 길가의 둔덕을 향해 걷는다.

갈증은 이 길의 온갖 불안을 위해 바쳐지는 어린잎이다. 나는 걷다가 배가 고프고 목이 말라 움푹 팬 자리에 고여 있는 물을 훔쳐보았다. 유령이 나를 기다리며 걸음을 멈췄다. 그에게 가까이 가자 음산하지만 상냥한 목소리가 속삭였다.

"이 동…… 굴 안에 있는 어떤 것도 먹고 마셔서는 안 됩…… 니다. 견…… 뎌야 해…… 요."

"어째서요?"

"다…… 시는 햇빛 비치는 땅으로 나갈 수 없게 되니…… 까요."

"저는 이미 오랫동안 빛이 무엇인지조차 잊고 있었는 걸요."

나는 거짓말한다.

나는 유령의 눈길로부터 나의 떠나간 연인의 흔적을 발견한다. 나의 연인은 이야기를 닮았고 이야기는 그를 닮았다. 그러나 여자는 아무리 애를 써도 이야기로만 남겨질 수 없으며, 이야기는 그의 것이 아니다. 나는 주머니 속 여자의 목뼈를 애듯하게 어루만진다. 유령은 내게 더 이상 말붙일 이유가 없다는 듯 다시 걸음을 뗀다.

빈 발이 뾰족한 돌을 밟는다. 유령은 아픔을 모른다. 나는 한때 우리가 정성스럽게 마련했던 비밀의 결과물을 애처롭게 응시한다.

"그래서 이 길의 끝엔 뭐가 있죠? 곧바로 숲이 이어진 다면 당신이 나를 그 숨겨진 나무 열매까지 데려가 줄 건가 요?"

"열매는 당신이 잃으며 움켜쥔 사랑의 헌신들이죠. 붉 고도 검으며 흰 빛을 띤 얼룩덜룩한 기억이죠."

"그 너머로는 무엇이 우리를 기다리나요?"

나는 미련을 담아 유령에게 물었다. 유령은 다시금 걸 음을 늦추며 내가 가까워지기를 기다렸다. 그러나 그의 반 투명한 머릿속에는 조금 전 들려온 질문이 고여 들 자리가 없다.

그는 물음들을 가볍게 짓누르며 그저 나를 더욱 깊숙 한 쪽으로 안내한다.

나는 묻고, 그는 답하고 싶지 않다는 걸 안다.

그것은 그가 생전부터 갈고 닦은 아름다운 묵념의 기 술이다.

그는 능숙하고 능란하게 걸음을 뗀다.

어느 날 동굴이 좁아진다. 더는 나아갈 수 없을 듯 비 좁다. 나는 겁에 질려 몸뚱이 위로 꽃과 포도 덩굴을 드리운다. 매달린 꽃송이는 마치 이 동굴처럼 젖어 있다. 온통 물기로 얼룩졌다.

유령은 나의 손목을 부드럽게 움켜쥐고 벽을 통과한다. 나는 그에게 이끌려 계속 어디론가 나아간다. 길은 이제 보이지 않는다.

나는 길이 끝난 후에도 내가 누구인지 잊지 않는다. 이 집요한 사랑은 죽음 너머에서도 내게로 밀물처럼 되돌아온다. 나는 주머니를 달그락거리며 연인을 어루만진다.

우리가 다다른 곳은 이야기의 끝에 위치한 시장의 성이었다.

시장은 지상과 지하를 한꺼번에 다스리는 위대한 책무를 감당하려 매일 성에 틀어박혀 있는 모양이었다. 우리를 맞이한 것은 시장의 그림자였다. 그림자는 수다스러웠고, 그 수다는 그들의 위업을 늘어놓는 것으로 한정되었기에, 그는 멈추지 못하는 저주를 받은 사용 설명서나 다름없었다. 나는 그가 건네준 안내서를 두 개의 가지로 공손히 받아들었다.

"기다리세요. 이곳에서 허가 없이 한 발짝도 더 나아가서는 안 됩니다."

그림자는 유령과 나를 접견실 바깥에 남겨 두었다. 바

같은 드넓었다. 그림자는 빛나는 가죽신으로 문을 밀어 열고는 안쪽으로 사라졌다. 유령은 바닥의 양탄자와 천장에 매달린 전구, 잠수함 모빌, 정육된 고기, 말라가는 여주 열매 등을 둘러보다가 창가로 다가갔다.

지하 세계의 햇볕이 그를 건널목처럼 가로질렀다. 접견실 바깥의 하염없는 대기, 기다리는 것 말고는 할 수 있는 일이 없는 이곳의 숙명이 우리를 달래고 있었다. 유령은 이곳의 한가로움이 마음에 드는 모양이었다.

"왜 아무도 손님이 없을까요? 우리 말고는."

유령은 모르겠다는 듯 멍한 눈을 껌뻑였다. 나는 창가로 걸어가 그를 따라하듯 햇볕을 쬐었다. 추억을 과시하듯 대화를 시도했다.

"빛이 옅군요. 그렇다면 우리가 가게 될 숲은 어떻게 된 걸까요? 식물을 잘 기르려면 적절한 통풍과 일조량 공급이 필요하죠. 누가 그들을 돌볼까요?"

나는 유령을 따라하며, 나의 연인을 따라하고 있었고, 이 순간에는 거의 그들이나 다름없었다. 우리가 도착해 있는 것은 사랑의 안쪽이었다. 그러므로 나는 누군가와 닮고 싶었다.

"길…… 러지는 게 아니에…… 요."

유령은 내게 흥미를 보이지 않았다.

"그들…… 은 거기 있죠. 다른 수가 없다는…… 듯이."

"당신은 이미 거기 가 본 적이 있다는 듯 말하는군요."

"물론…… 이에요. 당신은 기억나지 않…… 나요?"

유령이 내게 물음을 건네온 것은 처음이었다. 나는 그의 순진하고 몽롱한 눈동자에 어렴풋이 친근감을 느꼈다. 우리의 여정 가운데서 어떤 애증이 생겨나고 있었다. 이것이야말로 우리의 본분이었다. 그는 몽롱하고 무료하며, 나는 간절하고 절박하다. 우리의 바람은 겹치는 순간마다 울음을 터뜨리는 다차선 교차로다.

나는 그를 증오했다. 그가 되고 싶었고, 그를 질투했다. 그를 연민하기 직전의 슬픔이 나를 사랑으로 이끌고 있었다. 그는 온갖 이야기의 소녀였고 나는 이야기들을 염원하는 고양이 같은 것이었다. 갈망하고, 다시 갈망하며, 나는 그를 본다.

"나는 나를 잊었어요. 내동댕이쳐지는 사랑과 얼룩만이 남았죠. 나는 안타깝게도 당신의 말뜻을 모르겠어요."

"당…… 신은 여전하군요. 괜찮…… 아요."

유령이 가냘픈 손을 내밀어 나의 가지 끝을 부드럽게 감싸쥐었다. 우리의 악수는 짧고도 다정했다.

"기다…… 림은 당신을 이따금 지치게 하셨지만 당…… 신은 사람이 아니죠. 그러니 더욱 오래 버틸 수 있죠. 우리는 결국 그 붉고도 검으며 흰 빛을 띠어 얼룩덜룩해진 열매를 되찾을 거…… 예요."

"되찾는다면 내가 한때는 그것을 가졌었다는 뜻인가요?"

"언제…… 나 당신의 것이었…… 죠. 기억할 수 있다면 당신은 잠…… 시 기쁠 텐데."

유령은 나를 너그러운 따분함이 밴 눈으로 바라보았다. 그러다가 반투명한 턱을 다시금 창문 쪽으로 비틀었다. 기쁨이라는 말은 바다로 둘러싸인 오두막의 겨울이다. 늪에서 자라난 한 알의 토마토다. 춥고, 붉으며, 환하다.

"내게 조금만 더 나에 대해 말해 줄 수는 없을까요?"

유령의 어깨에 가지 끝을 가져가자, 가지는 어디에도 닿지 못하고 아래로 꺼졌다.

그는 무언가를 골똘히 생각하는 시늉을 하고 있었다. 아니면 그저 잊고 있는 것처럼 보이기도 했다. 그는 나의 연인을 닮았다. 그를 짓고, 유예시키고, 형벌에 처하고, 온갖 명예 가운데 앉힌 자를 닮았다. 그는 갈망을 위해 이야기된 상상이자, 모든 값이 지불된 평온 속에서 온순한 거품이 되는 자, 꿈들로 포화된 늦여름의 기나긴 낮잠이다. 내가 만질 수 있는 것은 주머니 속의 뼛조각뿐이었다.

피로해진 나는 잠이 들었다. 잠을 자며 나는 파리한

꽃을 피우고, 열매를 맺고, 파랗거나 푸른, 붉거나 불그스름한, 희거나 검은, 글씨를 쓰는 자의 어깨 너머에 내걸린, 손가락 마디를 구부러뜨리는, 어슴푸레한 악몽들에 시달렸다.

　잠에서 깨어났을 때, 유령은 눈을 감고 있었다. 그는 무언가를 기다리는 중이었다. 나는 그의 체념이 희미한 분열을 맞닥뜨리는 광경을 지켜보았다. 탄생은 유예되었다. 그러나 이야기는 언제나 끝맺어지기를 기대하기에, 그의 희생은 번번이 충분하지 않다. 그는 경련 속에서 끝내 체념을 지켜내고 있었다. 그것이 여자의 당부였고, 그가 여기 있는 이유였다. 그는 슬픔을 모르기 위해 쓰인 전생이다. 이제 여기, 슬픔을 이야기할 사람은 없다.

　나는 잠든 유령의 머리카락을 부드럽게 쓰다듬었다. 무엇도 만져지지 않았고, 그는 눈을 뜰 기미가 없었다.

　시간이 흐른다. 시간은, 아직 쓰이지 않았으므로, 흐르지 않는다.

　그리고 어느 날, 우리에게는 그림자가 되돌아온다.

　사랑은 되풀이되고자 이야기를 짓는다.

“당신들을 위한 특별한 오후가 허락되있습니다.”
“이곳에도 아직 오후라는 말이 남아 있군요.”

망자의 주머니 속에서 잘 마른 목뼈가 덜그럭거리고 약병이 딸그락댄다. 그림자는 내 중얼거림에 코웃음을 쳤다. 그러고는 으스대듯 퉁명스럽게 대꾸했다.

"물론 이것은 영원한 오후입니다."

"그렇다면 왜 굳이 저희를 오후에 만난다고 하신 거죠? 새벽과 저녁이 모두 오후일 뿐이라면."

그림자는 코웃음을 그치고 짐짓 엄숙한 표정을 지었다. 그의 충혈된 눈과 슬픈 입매에 업무에 지친 듯한 짜증이 어렸다.

"당신은 마치 저 시끄러운 윗동네 시민들처럼 질문이 많군요. 그들은 늘 쿵쿵대고 침을 뱉고 종알거리고 의문을 제기하죠. 하지만 여기서는 자제하셔야 할 겁니다."

나는 사람이 아니므로 누구의 시민도 아니다. 그러나 그림자의 관료주의는 그런 아나키즘을 납득하지 못할 것이다. 나는 그의 고지식함에 가볍게 체념하며 한숨을 내쉬었다.

"사람들은 너무 쉽게 감사하기를 잊어요."

그림자는 쯧쯧 혀를 차며 신세를 한탄했다.

"그들을 좌우하는 어마어마한 일들을, 너무 쉽게 잊는단 말입니다."

나는 연인의 뼈와 은밀한 침묵을 나눈다. 나는 그를 대신해 떠벌이 그림자에게 묻는다.

"사람들에게 정말로 그토록 어마어마한 일들이 일어나고 있나요? 모든 일들이 정말로 일어나 진정으로 잊혀지나요?"

"그래요. 일어나는 즉시 망각당하죠."

그림자는 다시금 분한 얼굴로 위엄 있게 중얼거렸다. 그의 엄숙한 얼굴에서는 미처 다 숨기지 못한 아첨꾼의 분위기가 묻어났다. 그는 지나치게 으스대고 있었다. 수다스럽게 떠들며 위엄 뒤쪽에 수상쩍은 믿음을 숨겨 두고 있었다. 그림자는 가련함을 숨기려 필사적이었고 그만큼 가장에 성공을 거두고 있었다.

영원한 오후 한복판에서, 지상과 지하를 다스리는 시장이 우리를 부른 곳은 아늑한 중정이었다. 이번에 그 사람은 검은 나비 무늬를 가진 은색 호랑이였다. 고양이일 수도 있었다. 차를 마시던 그는 유령을 보더니 이윽고 자애로운 미소를 지었다. 그가 있는 중정의 뜰은 대기실에 비해 훨씬 따스하고 환했다.

"너로구나, 이야기에 희생당한 아이야. 오랜만이야. 너의 여정이 다시금 너를 네게로 돌려주었구나. 얼마나 기쁜 일인지."

고양이는 호들갑스럽게 웃음을 터뜨리더니 유령을 데려가 식탁에 앉혔다. 그의 따스하고 예의바른 손길은 내게도 이어졌다. 그는 우리를 은근하게 관찰하면서도 여유로운 미소를 잃지 않았다.

"시간을 낼 수 있어 정말 다행이야. 종일 내가 하는 거라곤 내 펑퍼짐한 궁뎅이를 사무실 의자에 붙이고 있는 것뿐이지. 오, 너도 알겠지만 정말이지 지겹도록 따분한 나날이란다."

그는 스스로의 말에 웃음을 터뜨리고는 좀처럼 웃음을 그치지 못했다. 경박하기에 품위 가득해진 웃음, 경박을 위해 품위라는 가장을 무릅쓰는 웃음 가운데서, 그의 찻잔이 요란하게 김을 뿜어 댔다. 주전자에서 찻물이 튀어 식탁보에 얼룩을 남겼다. 그 얼룩 무늬는 자애와 비애에 대한 짧은 시였다. 고양이는 옷소매로 자기 찻잔을 은근 슬쩍 문질러 닦았다. 그는 차를 마시는 얼룩이자 얼룩을 내미는 습관이었다. 책임, 고고학, 헌정, 그건 마치지 못한 중얼거림이기도 했다. 나는 그 실수를 눈감았다.

유령에게는 시장의 말에 맞장구치려는 의지가 없었다. 오직 자기 몫으로 주어진 찻잔을 들어올리는 데 연달아 실패하고 있을 따름이었다. 유령의 물컹한 손가락들은 더 이상 찻잔을 움켜쥘 수 없었다. 그는 아무것도 만지지 못하며 체념한 얼굴로 따분히 찻물을 내려다보았다.

고양이는 그 딱한 광경에 잠시 곤란한 기색을 내비쳤다. 그러다가 이내 신중한 여유를 되찾으며 이번에는 내게로 주의를 돌렸다. 유령의 곤경을 못 본 척하는 방식으로 그들 간의 예의를 지킬 모양이었다.

"그러고 보니 음식을 내오는 걸 잊었군요. 배고프죠? 다행히 먹을 게 많아요. 올해는 수확이 풍작이었으니."

"뭐가 있나요?"

"토실토실한 알감자와 토마토, 옥수수, 수없이 많은 종류의 콩들도 있죠. 푸성귀와 당귀, 멜론, 노루궁뎅이버섯, 당근도 있고요."

"그리고는요?"

"글쎄요. 그밖에는 조리장에게 물어봐야 할 것 같군요."

고양이는 심드렁하게 답한 뒤 손짓으로 그림자를 불러 이것저것 지시를 내렸다. 그림자는 굽신거리며 그의 비위를 맞추려 간드러진 콧소리를 냈다. 그러나 그림자의 아양은 그에게 썩 통하지 않았고, 호랑이 아니면 고양이는 심통난 표정으로 그림자를 쫓아보냈다. 우리를 돌아보았을 때, 잠시 드러났던 그의 신경질적인 기색은 다시금 점잖은 우아함으로 변해 있었다.

"어디까지 이야기했었죠? 숲에 대해? 아니면 붉고 딱

딱한 열매? 푸릇푸릇하고 홀쭉한 열매? 대체 그게 어떤 색이었는지조차 까마득하군요. 실례인 걸 알지만, 사실 내게 밀린 일이 너무 많아요. 불평분자들을 입 다물게 하기 위해선 내 엉덩이를 한 시도 의자에서 떼어선 안 되니까요."

"아직 숲에 대해 말씀드린 적조차 없었는 걸요."

"오, 그랬죠. 맞아요. 이렇게 모든 일을 깜빡깜빡한다니까요."

호랑이는 산만하게 통통한 손가락을 까딱거렸다. 그의 이마는 관습적인 강박으로 생겨난 몇 개의 엷은 주름에 갇혀 있었다. 구불거리는 머리카락 몇 가닥이 이마에 흘러내린 채였다. 그것은 살갗의 윤곽을 가로지르는 동아줄이었다. 이마로부터 이어진 가느다란 콧날과 두 뺨 사이에는 움푹 팬 눈두덩이 자리했다. 살갗이 끝나는 지점에서 낭떠러지 아래 웅덩이 같은 눈동자가 나타났다. 그는 슬픔과 희망의 낡은 전투지 같은 눈을 가지고 있었다.

"오, 식사가 오는 군요."

호랑이는 점점 더 빈번하게 따분한 감탄사를 뱉었다. 요리사 복장을 한 하인 둘이 뚜껑 덮인 은쟁반을 들고 비틀대며 우리에게로 다가왔다. 그들은 시장의 눈치를 살피며 테이블에 음식을 차렸다. 둥그런 뚜껑을 들어 올리자 쟁반에서 포도 알과 삶은 콩들이 굴러 나왔다. 쟁반 가운데는

배와 감, 더 많은 콩들이 근사하게 놓여 있었다.

"자 맛있게 먹으렴. 사랑스러운 아이에게 먹을 걸 베푸는 건 늘 즐거운 일이지."

호랑이가 유령의 빈 접시에 수북하게 삶은 채소를 담았다. 유령은 포크를 들어 올리려 자꾸만 헛손질을 했다. 포크가 쨍강대며 테이블에 연거푸 미끄러졌다. 물컹한 손가락 사이로 빠져나간 금속의 무게가 테이블을 짓누르고 있었다.

호랑이는 다음으로 나의 접시에 껍질이 터질 정도로 무르익은 포도 알들을 담아 주었다. 포도의 말라비틀어진 꼭지에는 꼬불꼬불한 줄기가 매달려 있었다.

"요즘에는 점점 더 수확이 풍성해지고 있답니다. 도시를 모두 먹여 살리고도 남을 만큼 신선하고 맑은 야채가 넘쳐흐르죠."

"예배당 뜰에서 굶주린 아이들을 보았어요."

"오, 그 애들을 지금 이곳으로 불러오고 싶군요. 음식은 넘쳐나니."

"왜 그 애들에게 먹을거리가 돌아가지 않는 걸까요?"

"음모 때문이죠."

호랑이는 돌연 싶은 한숨을 내쉬었다.

"곳곳에서 협잡꾼이 부랑배의 음식을 빼앗고, 도굴꾼

들이 날뛰고, 근거 없는 소문이 사람들의 혜안을 망가뜨리고 있어요. 나를 향한 음해가 지나치게 무성해졌죠. 그러나 대체 그 소문의 실체란 무엇일까요? 나는 밤낮 없이 도시를 위해 내 너덜너덜한 영혼을 희생 중인데 말이에요."

"하지만 대체 누가 음모를 퍼뜨리고 있다는 건가요? 누군가는 분명한 이유를 알고 있을 텐데."

나는 비탄 속에서 굴러 떨어진 연인의 얼룩덜룩한 뼈를 움켜쥐었다. 연인은 도시에 대해 나보다 더 많은 것을 알고 있었다. 사랑은 그를 끝내 거꾸러뜨렸지만, 그는 여전히 이곳에 존재했다. 나의 작은 가지 끝에서 차갑고 건조한 몸을 옹송그리고 있었다. 여자의 몽톡한 목뼈는 터지지 않은 씨앗이었다. 씨앗이라는 말은 늘 열두 가지 계절과 붉은 거미, 윤회, 솜털, 닭의 꼬리 깃털, 편자, 송아지 가죽, 탯줄, 물러터진 홍시, 개의 발톱, 네 조각의 조약돌을 암시한다.

나는 사랑스러운 뼈에 흐느끼며 입 맞추고 싶은 돌연한 충동에 휩싸였다. 지금 그는 먼 곳에서 깨어나고 있다. 밀물 같은 자정이 되어 눈을 뜰 것이다. 나는 탄생의 씨실과 날실이 된 그의 끝을 기억해 보려 애썼다. 그의 섬약한 부활의 방식을.

시장은 또 한 번 더욱 거창한 한숨을 내쉬었다. 그는 부드럽고 예의 바르게 손을 내밀어 유령의 포크를 대신 쥔다. 무른 배를 포크로 찍어 유령의 입에 넣는다. 모든 것이 나의 물음을 피하려는 수작이었다.

"오늘 밤은 여기서 묵으세요. 내일이면 숲으로 가기 위한 허가증이 나올 겁니다."

"허가증이 있나요?"

"오, 물론이죠."

시장은 유령의 포크로 자기 접시의 콩을 능숙하게 찍어 올린다. 그는 능란하게 미소 지으며 자신의 따분함을 감춘다.

"이야기에는 견뎌야만 하는 일들이 있는 법이니까요. 그게 온갖 이야기의 운명이죠."

이들은 나의 사랑을 들추는 오래된 저주다. 낡은 수의를 일깨우는 붉은 닭이자 울타리에 내걸린 붉은 달, 목뼈에서 자라난 토실토실한 잎사귀들이다.

문지기이자 시장이며 지하의 긴긴 길이 공모자가 되어 베푸는 뻔뻔함과 요령 좋음, 기만적인 동정심이 나를 숨막히게 만들었다. 그러나 나는 사람이 아니며, 그러므로 숨쉬지 않아도 견딜 수 있었다.

13

이제 나는 한 조각 목뼈가 되어 있다.

이제 나는 사람이 아니므로 내게는 사람의 입이 없고 심장과 귓바퀴가 없으며 눈물과 발목이 없다.

둥근 천장 아래서 맞이하는 우리의 오후는 다정하고도 무료하다.

"이곳은 몹시 춥군요."

나의 연인이 내게 입 맞추며 나의 희끄무레한 가장자리를 문지른다.

"당신은 평소보다 더욱 차갑고요."

나의 얼룩덜룩함은 그를 평소보다 더욱 매료시킨다. 나는 그의 쪽으로 미세하게 몸을 기울인다. 그의 눅눅한 가지 안쪽에 몸뚱이를 기대자, 지하의 싸늘함이 습기와 뒤섞인다. 나는 그에게 몸을 겹친다.

괴물이 속삭인다.

"어쩌면 나는 비로소 당신이 무엇을 기대했는지 이해하고 있는지도 몰라요. 어쩌면 지금의 이런 장면을, 이토록 기나긴 오후를."

나는 머뭇거리다가 솔직하게 고백한다. 목뼈의 가냘픈

모서리가 희미하게 뻐끔대며 경련한다.

"그래, 내게는 어쩌면 시간이 필요했던 것일지도 모르지. 너는 가끔 나보다 더 나를 잘 알고 있군."

그를 매혹으로부터 끄집어내기 위해, 그리하여 지나간 끝으로부터 이 조그만 뼛조각으로 그를 되돌려 세우기 위해, 나는 그에게 기댄다. 그러나 그는 그저 영원 가운데 집어삼켜진 사랑의 기억을 떠올려 한숨을 내쉰다.

그는 나의 말에 하염없이 무관심하다. 거의 듣지 못함에 가깝다. 그는 지하로 들어온 후 오직 자신의 허기와 싸우는 일에만 집중하고 있다. 한 모금의 물도, 단 한 점의 먹을거리도 허락받지 못한다. 그에게 남겨질 수 있는 것은 유령과도 같은 의지뿐이다.

그러나 사랑은 이러한 모든 것을 의혹한다. 지하 이야기가 내던지는 온갖 믿음에 불멸로써 응답한다.

이제 내게는 얼굴이 남아 있지 않고, 손도 발도 없으며, 오로지 희미한 목의 통증만이 떠돌고 있다. 나는 이 흐리고 간질간질한 통증으로 그를 사랑한다. 우리는 오직 우리를 위한 시간의 글씨다. 간절한 두 개의 점이 되어, 우리는 이야기의 긴긴 오후를 함께 보낸다.

"내 질문들은 그럴싸했어. 마치 너의 그 미끈한 몸 가운데 진실이 존재하기라도 하는 것 같았지. 진실과 진심은 소중하잖아. 나는 내내 그리움에 사로잡혔어. 변명 같지만, 결코 나를 향한 것은 아니었지. 오로지 너를 향한."

"잠이 오질 않는군요. 여기 온 뒤로 내내."

"이곳은 너무 빛이 옅군."

"당신은 이 어스름 가운데서 몹시도 부드러운 빛을 머금고 있군요."

연인은 나를 사랑스럽다는 듯 바라본다.

그의 가지의 움푹 팬 곡선 속에서, 나는 이리저리 뒤흔들린다. 그가 가지를 비틀자 나는 덮쳐오는 기억의 더께에 숨이 막힌다. 그러나 나는 이제 숨을 쉴 필요가 없고, 살아 있지 않으므로, 스스로의 요구에 따라 언제든 질식을 견뎌 낼 수 있다.

"나는 너를 위해 언제든지 부드럽지."

"사랑은 늘 예기치 못한 부드러움에서 비롯되죠."

졸음에 겨운 그가 웅얼거린다. 그는 웅얼거리며 석상을 조각하고, 겨울과 여름을 오가고, 붉은 돌과 검은 흙과 흰 눈이 된다. 청록과 회청, 옅푸름이 된다.

나는 연인에게서 덫에 걸리듯 황홀을 발견한다. 괴물은 이 침침하고 난폭한 이야기의 한복판에서도 아직 스스로를 잃지 않았다. 그는 잃었다고 말하는 순간 되살아나는 미궁 속의 연민이다. 믿음을 지니는 불멸이다.

"정말이지 긴 오후예요. 마치 영원처럼."

"그래, 네 말이 옳아. 언제나 옳지."

"당신은 더없이 고요하군요."

그가 가지를 움찔대며 나를 이리저리 굴려 본다. 나는 끊어진 목걸이의 진주알처럼, 삶아진 알감자처럼, 언덕의 돌처럼 데굴데굴 굴렀다. 그는 나를 자신이 앓고 있던 어린 시절처럼 감싸 쥔다. 그는 뜰과 길과 물로 이루어진 나의 전생이자 생애다. 나를 어루만지기 위해 그는 사람의 손과 손목을, 살갗을 탐낸다. 그는 사랑으로 인해 스스로 떨쳐낼 수 없는 허기가 된다. 그는 애틋하고 상냥하게 목뼈의 이미지를 끌어안는다.

나는 흔들리는 가지의 어지러움 속에서 주위를 둘러본다. 멀리 유령이 배회 중인 모습이 보인다. 영원을 살해하는 이 따분하고 사나운 오후의 한복판에는 유령과 벽이 존재한다. 깨진 천장에서 흘러내리는 것은 팽창하는 탐욕이다.

벽은 기억이고 기억은 이야기다. 앞날을 꾸며대는 두려움 가득한 수작들이 성과 그림자를, 혁명과 신념을 부르고 있다. 그러나 잠시, 아무도 오지 않는 긴긴 오후가 이어진다.

잠시, 환한 공백을 지키는 날벌레 몇 마리만이 종이에

얼룩을 남긴다.

나의 연인이 나를 움켜쥐고 옅게 흐느낀다.

그의 돌연한 들썩임에 망설임이 따른다.

"자, 침대로 갈 시간이에요."

울음을 그친 그가 나를 보듬는다. 나는 그의 목소리에서 그가 떨쳐내지 못한 미련을 알아차린다. 그의 가지가 나를 가벼이 집어 들어 퀴퀴한 관짝 안으로 밀어 넣는다. 올이 풀린 천장과, 마찬가지로 썩어 가는 바닥 가운데 나의 자리가 있다. 나는 헐거워진 실의 매듭 사이를 뒹군다. 진액이 담긴 약병이 나와 부딪혀 덜그럭거린다. 접이식 칼이 무딘 날을 짤깍댄다.

"곧 함께 숲으로 갈 수 있을 거예요."

그는 그렇게 말하고서 삭은 천과 나와 잡동사니들을 한꺼번에 움켜쥔다. 그가 우리를 삼킨다. 괴물의 몸속은 아늑하다. 그는 자기 안에 몽롱한 비밀과 기억의 빈자리를 감추고 있다. 그는 나를 눕히며 몸속에서 축축하게 젖은 슬픔을 꺼낸다.

그의 이름이 쓰여 있는 글, 나는 그것을 이미 본 적이 있다. 그것은 노파가 간직하던 꿈이다.

그는 올 풀린 주머니와 목뼈를 온 몸으로 끌어안고서 이미 쓰인 것을 펼친다. 그의 온 몸이 온통 우리로 젖어든다. 나는 그가 가장 오래된 이야기 속으로 침잠하는 걸 느낀다. 여기, 우리에게 찾아드는 것은 더없이 자연스러운 침묵, 가장 날카로운 열두 개의 도끼로도 없애지 못한 사랑이다.

연인의 들썩임 가운데서, 나는 그의 습관적인 비탄과 한 쌍을 이루는 오래된 그리움에 젖어든다. 그의 몸속에 고인 호박색 점액이 나를 담은 주머니를 적신다. 실들이 올올이 풀린다. 약병이 미끄럽게 액체 속을 뒹군다. 나는 삭은 천에 감싸여 애인의 표피에 몸뚱이를 기댔다.

지하 세계의 나긋나긋한 심연이 나를 감싸온다.

"멀리 네가 보여. 너는 조용히 나를 기다리고 있지. 눈과 모래와 언덕의 신들이 너를 뒤덮지. 너는 꿈을 읽고 있구나. 그곳에서도, 여기에서도. 너는 네가 만든 단 하나의 이야기를 읽고 있지. 우리를 위한 영원한 되풀이를."

나는 삶 가운데서 멀리 희끗거리는 그를 본다.

여기, 내게는 사람의 눈이 없다. 그러므로 이 이야기에서 눈을 뜨거나 감는 일은 중요하지 않다.

잠들거나 깨어 있는 것, 교차로의 왼편과 오른편을 나누는 시선, 오른 뺨과 왼 뺨이 흉터를 문지르는 일, 숟가락을 드는 것, 비행기나 종이비행기, 마부에게 삯을 치르는 것은 중요하지 않다.

멀리에서, 나의 연인은 고개를 숙이고 짧은 죽음에 빠져들어 있다. 나는 이곳과 그곳에서, 우리가 다다랐던 곳과 다다를 곳에서 그를 본다. 나는 그를 버리지 않는다.

"문은 사라졌어. 모두 부서졌지."

속삭여도 잠든 그는 깨어나지 않는다.

나는 그를 바라보다가 다시 어둠 속으로 되돌아가 눈을 감는다. 그러나 눈을 감거나 뜨는 것은 사랑 속에서 구분되지 않는다.

"문은 사라지며 탄생하는 이야기의 찢겨진 살이지. 나는 훼손되는 믿음을 수의로 두르고 전생과 생애를 바쳐 네가 있는 곳으로 오고 말지."

나의 고백에 그가 몸을 뒤척인다. 그는 사람이 아니지만 사람을 사랑하는 한 덩어리의 탐욕이다.

열둘이자 넷이며 삼백이고 하나인 신들이 웅성이며 그를 둘러싼다. 벽은 온통 희망으로 가득하다. 온갖 이야기의 길목이 그를 둘러싼다.

이 삶으로 인해, 우리는 모든 이야기로부터 단 하나의 영원을 읽어 내는 저주에 걸린다.

멀리서, 나는 잠든 그를 본다. 그러나 이 이야기에서 잠들거나 잠들지 않는 것은 모두 영원을 박제하려는 사냥꾼의 몸짓이다. 몸을 열면 쏟아지는 팽창 중인 믿음이다.

"너는 내게 머물렀던 가장 부드러운 계절의 이야기지. 너를 미궁에 가둔 나의 왕국에서는 아무도 네가 숨긴 것을 읽지 않아."

그의 몸뚱이 안쪽에는 그가 숨긴 영원이 존재한다. 기억은 태어나는 순간 태어남이 유예되고, 전생과 생애 언저리에 머물며, 멀어지며 되돌아온다. 기억은 계절 안쪽의 계절이다.

애틋한 잠꼬대들이 우리를 에워싼다.

"이 이야기의 결말 아래서, 나는 나를 떠나지. 조그만 나비로 젊은 내가 늙은 나의 몸을 열지. 우리는 잘 익은 과실처럼 복도를 굴러. 사방으로 연민과 안도의 곡식이 흩어지지."

나는 이 이야기의 끝을 기억하지 않는다. 결말은 물결에 감싸이듯 서서히 뒤로 밀려나며 영롱해진다.

그가 잠에서 깨어난다. 나는 몸을 일으켜 그에게로 나아간다. 더러운 맨발로 눈꼬 먼지와 재의 영토를 밟는다. 사람의 몸에서는 부스러진 살갗이 흘러내리지. 부서진 몸의 실마리들은 그가 사라진 곳에도 영원처럼 오래 남겨지지.

　그렇지만 너는 사람이 아닌데, 그렇다면 여기 쌓인 흰 눈 같은 먼지는 누구의 허물이니.

　그는 겁먹은 눈으로 나를 바라본다. 그는 나를 버리지 못하고 나는 그를 잃을수록 그에게로 다가서는 저주에 걸린 자다. 내가 세운 미궁의 복도들을 가로질러 이곳에 다다르는 동안 나는 독약을 마시고, 독이 밴 칼에 베이고, 독이 묻은 가시에 찔렸다. 목소리를 잃고, 노래나 메아리가 되고, 네 발로 걷거나 발이 없이 달렸으며, 강물에서 기름을 걷어내고, 부지깽이와 접이식 칼을 딸깍이고, 끌을 쥐었다. 나의 맨발은 상처가 가득하고 지저분하다.

　"어디서 들어온 건가요? 거기엔 문이 없는데요."

　그는 경계심어린 표정으로 나를 바라본다. 나는 그를 기억해내지 않는다.

　"문은 다 부서졌어. 내가 지나온 순간 망가져 버렸어."

　이것은 끊어지지 않는 실을 자아내는 이야기의 물레질이다.

　멀리서, 그가 나를 따라 무너진 벽의 잔해를 기어오른

다. 시간의 흔적을 밟는다.

이 숨겨진 마음의 신전을 떠나야만 한다는 말에, 그는 허기진 이의 표정으로 고개를 끄덕인다. 가장 온순한 계절의 그리움이 그를 사로잡는다. 나는 그가 우리가 떠나온 곳을 영원히 그리워할 것임을 깨닫는다.

모든 이야기는 허기 속에서 쓰인다. 나의 연인은 무르익은 과실처럼 물기 가득하다.

멀리에서, 어린 내가 늙은 내게 닿으려 작은 칼을 품에 넣는다. 무너지는 책꽂이로부터 곤충의 날개 같은 종잇장들이 흩날린다. 이것이 나의 이야기다.

희고도 얼룩덜룩한 씨앗이 된 나는, 이제 천천히 잠에 빠져든다.

연인이 책장을 넘긴다.

14

오후가 물러터지도록, 나는 과일의 껍질을 벗기듯 책장을 넘긴다.

여자의 목뼈가 주머니 속에서 감미로운 침묵을 지킨다.

나는 그리움으로 이야기를 짓는다.

한 여자가 손도끼와 끌로 모래 빛깔 석상을 깎는다. 여자는 석상에게 어디론가 숨어 버린 연인의 이름을 붙여 준다. 한낮에 석상이 눈을 떠 주위를 둘러보자 그는 새하얀 돌로 된 방에 서 있었다.

거리로 나가자 소란이 그를 에워쌌다.

시장에서 그를 발견한 여자는 놀란 그의 손을 잡고 그를 자신의 낯익은 사랑이라 불렀다. 사람들이 웅성거렸다. 둘은 한 번 잡은 손을 놓지 않았다.

여자의 손은 서서히 돌로 된 손의 냉랭함에 익숙해졌다. 여자의 손은 점점 더 서늘하고 부드러워졌다. 손톱이 녹아내리고 손바닥에는 서늘함이 스몄다. 어느 날 그의 손은 끝내 겨울의 눈이 되었다.

눈송이로 이루어진 손은 오래도록 창백했다. 손목을 타고 흐르는 창백함이 여자를 긴긴 밤과 긴긴 낮으로 안내했다. 어느 날 여자는 끌을 잡지 않았다. 붉은 끌이 그의 손에서 물기에 젖어 연거푸 미끄러졌다.

그해 겨울은 몹시 길었다. 설원은 영원처럼 단순했다.

순백의 겨울은 어느 한낮 홀연히 도시를 떠났다.

기나긴 겨울이 사라지자 석상은 녹아 버린 눈에 젖어 두 번째 조각을 만들었다. 석상은 손도끼와 끌로 만든 그의 연인에게, 자신이 흙에 묻은 비밀의 이름을 붙여 주었다.

허가증은 그림자로부터 주어졌다. 시장은 일이 바빠져 더는 틈을 낼 수가 없다고 했다.

시장의 부재에 우쭐해진 그림자는 얇은 종잇장을 거만하게 펄럭이며 우리의 사인을 요구했다.

글씨를 쓰지 않는 내게서는 얼룩, 물기, 번짐 없이는 멈추지 못하는 것들이 스며 나온다.

"이제 가세요. 해결되어야 할 일은 더 이상 남아 있지 않으니."

그림자는 무책임한 안내자였다. 그는 미결로 남겨지길 바라는 사랑의 심판자였고, 그의 소임은 오직 이야기를 배웅하는 것이었다.

나는 빈정거렸다.

"여기 있는 이들은 결국 어느 결말로도 가려 하지 않는군요. 언젠가는 혁명가들이 당신을 찾아올지도 모르죠."

그림자는 코웃음을 치며 등을 돌렸다.

"오오, 그 정도 협박으로는 나를 겁주기에 어림도 없죠. 얼른 가세요. 당신은 너무 긴 오후에 지쳐 보이니까요.

당신의 유령이 당신을 성실하게 이야기의 언덕으로 안내할 겁니다."

시장을 흉내낸 그의 탄성과 경쾌함에 나는 잠시 주눅이 들었다. 허가증은 팔랑대는 얇은 종잇장에 지나지 않았다. 종이는 어느 여정도 증명하지 않으려 나풀댈 따름이었다. 유령은 나를 기다리며 길목에서 문을 바라본다.

긴긴 오후가 그리움으로 문을 짓고 있었다.

석상이 된 문지기와 석상이 된 그림자, 석상이 될 문지기와 석상이 될 그림자가 이미 모든 일이 지나가 버린 오후의 가장자리를 서성인다.

돌의 뜰의 끝과 시작 속에서 유령은 몽롱히 말한다.

"이…… 곳을 나서면 뒤를 돌아보아서는 안 됩…… 니다."

그는 벌거벗은 자를 뭍으로 나동그라뜨리는 무심함이 된다. 나는 멀리, 여럿이서 수런거리는 자작나무들을 본다.

결말 뒤편 언덕은 자작나무로 가득했다.

그 몸뚱이들은 희고 검으며 그림자와 몽상처럼 얼룩덜룩하다. 우리의 길을 떠도는 그들은 작위를 잃어버린 자작, 계승되기를 거부하는 유산의 영토다. 나무들은 두려워하는 눈을 지녔다.

유령이 말했다.

"무엇…… 도 먹고 마셔서는 안 됩…… 니다. 무엇……
도 잊어서는 안 됩…… 니다."

"내가 잊지 않을 수 있는 건 없어요. 나는 간신히 사랑
으로 나아가는 텅 빈 걸음이죠."

"무엇…… 도 당신으로 남겨져서는 안 됩…… 니다."

"하지만 나는 되살아나기 위해 이야기를 쓴 사람을 알
고 있어요. 혹은 되살리기 위해."

"근심…… 하지 말아요. 곧 괜찮아질…… 테니."

"그것이 모든 이야기의 운명이기 때문인가요?"

유령은 늙은 사제처럼 침묵하며 나의 물음을 떠났다.

그는 터벅터벅 가볍고 반투명한 몸뚱이로 나무 사이
를 빠져나간다. 그가 걷는 길에 가지를 드리운 것은 작위
없는 왕이자 자작나무, 석상의 오래된 뼈 조각들이다. 나는
유령을 따라 그들의 숲으로 접어들었다. 숲이 깊어지자 나
무들로부터는 이따금 구멍이 나타났다.

구멍에서 흐르는 것은 슬픔의 찢긴 살이다. 더는 작아
질 수 없이 줄어든 시간의 글씨다.

이곳의 연민은 희고도 거무튀튀하며 변화하고 있다.
온순한 바다의 밀물처럼, 떨궈진 나무 수액이 되돌아볼 수
없는 지하의 길을 적신다.

뒤를 돌아보아서는 안 된다. 이미 쓰인 모든 이야기는 앞이 되는 뒤이자 뒤가 되는 앞, 거인의 배 속에 든 열두 명의 자식이다.

그들은 슬픔의 찢겨진 살을 열어 먼 곳을 곁눈질한다. 가장 날카로운 열두 개의 도끼가 되어 길을 짓고 옷감을 짜고 황소와 숫양과 붉은 닭을 기른다. 그들의 허기를 채우는 것은 그들이 길러낸 열두 개의 붉고 검으며 흰 빛을 띠는 열매다.

나는 내가 나로부터 가장 먼 곳에 숨긴 열매를 되찾으려 걷는다.

사랑을 위해 쓰이는 나의 결말을 향해 걷는다.

길은 쉽게 가팔라졌다. 나무의 호박색 진액이 구멍난 몸뚱이와 깨진 구멍과 먼 곳의 지붕들, 둥그런 천장, 폐허의 환한 이미지를 적시며 나의 발목을 붙들었다. 그러나 나는 끝내 사람이 아니며 그러므로 내게는 발목과 발이 없고 손톱과 귓바퀴가, 심장과 눈이 없었다.

나는 붙잡히지 않는 시선이 되어 유령의 뒷모습을 바라본다.

"당신이 하나의 이야기라면 나는 이곳을 최초의 왕이

묻힌 언덕이라고 부를 거예요. 나의 사랑은 그를 위한 수의를 짓는 씨실과 날실이자 물레에 찔리는 어리고 토실토실한 손가락이죠. 그는 신이자 사슴이며 진리이자 복수가 되겠죠. 열두 명의 할머니이자 열두 명의 사냥꾼이며 이 도시의 주인으로 태어난 자겠죠."

유령은 나의 웅얼거림에 잠시 뒤를 돌아본다.

언덕에 묻힌 왕은 알에서 깨어나 늑대의 젖을 먹은 자이자 누구보다 긴 시간 강을 헤엄칠 수 있는 자다. 자신의 둔부를 베어 백성들을 배불리 먹인 자이자 구멍 뚫린 배를 타고 먼 땅을 찾아 해협을 건넌 자다. 달걀을 깨트려 투명하고 물컹한 점액을 음식으로 뒤바꾼 자이자 누구보다 많은 푸성귀를 가뭄 든 흙에서 재배한 자다. 처음으로 불을 피운 자, 재규어에 올라탄 자, 몸에서 꽃을 피워내는 자, 가죽 벗긴 새끼 양을 끓는 물에 삶은 자다. 그는 나이고, 되돌아보는 자의 미궁이며, 연인의 유령이다.

나는 얼마든지 더 그에 대해 계속 이야기할 수 있다. 이것은 물레 가시에 찔린 산딸기 덤불의 이야기이자 연인을 위해 훔친 나의 금붙이다.

우리는 누구보다도 거대한 봉분을 원한 자이자, 우리의 부장품을 직접 세공한 자이며, 치렁치렁한 수의를 생전에 짓도록 명령한 자다. 우리는 이야기를 탐낸 자이자 스스로 이야기가 된 자다. 우리는 우리이고, 되살아난 연인이며, 우리의 유령이다.

나는 기억을 위해 자작나무 수액 웅덩이를 밟는다.

열매 같은 돌들이 언덕을 구르고 돌을 위해 언덕이 스스로를 미끄러트린다. 나는 웅덩이에서 일어나 부끄러움을 느끼며 주위를 두리번거렸다.

누군가 여기서 태어난 이들이 여기에 있었다.

저들은 하나처럼 보이는 여럿이자 수군거리는 한 덩어리의 굶주림이다.

나는 유령에게 묻는다.

"저들은 누구죠?"

"이곳…… 에는 아무도 없어요. 당신은 이제 아무도 아닌 하나의 걸음일 뿐이…… 죠."

"그건 당신치고 너무 집요한 말이로군요."

"나는…… 이 말을 하기 위해, 아직 여기에 있으니까…… 요."

유령은 말을 마치고 돌아섰다.

그는 이야기의 어쩔 수 없음에 사로잡혀 긴긴 언덕을 오른다. 나는 주위를 두리번거리고 몸뚱이를 비틀며, 나동그라지는 얼룩덜룩한 시선이 되어 뒤쳐진다. 유령은 아무것도 더는 보이지 않는다는 듯한 하나의 집요함이 되어 나아간다.

그는 비로소 자신의 탄생 가까이에 다다라 있다. 유예되었던 전생과 이미 쓰여 버린 생애를 가로지르며 걷고 있다.

나는 사람이 아니며 이야기가 아니고 유령이 아니다. 그러므로 연거푸 뒤쳐지며, 나는 숲속에서 사랑의 허기를 느낀다. 유령의 무심함 속에서 저들을 향한 연민에 휩싸인다.

유령이 저들을 보지 않는 것은 이야기가 그를 그렇게 이끌기 때문이다. 그러나 아무도 말하지 않는 길목에서, 저들은 저기에 있다. 자작나무의 깨진 구멍 아래, 팽창하는 입자가 된 오늘의 지줄거림 뒤편에, 핏줄처럼 서성이고 있다. 나무 구멍은 시간의 글씨다. 더는 작아질 수 없는 엷은 자리다.

이 환한 공백 속에서, 나는 늙은 여자의 몸을 보았다. 되살아난 나의 연인이 어렷이자 한 덩어리가 되어 나무 아래를 거닐고 있었다.

유령이 나를 돌아보았다.

나는 그가 내민 반투명한 손에게로 걸었다.

"저들을 봐요. 보이지 않나요? 저들을 들여다보고 싶지 않나요?"

"멈…… 춰서는 안 돼…… 요."

"모든 사랑을 위해서는 이야기가 필요하기 때문인가요? 우리는 이야기를 향해 이 언덕을 오르고 있으니."

나는 연민에 기대어 나의 아둔함을 변명한다. 그러나 나의 몸뚱이 안쪽에서는 접이식 칼이 덜그럭거리고 약병이 딸각대며 얼룩덜룩한 목뼈가 구르고 있었다. 그들은 물결처럼 되살아나는 나의 연인이다.

모든 징조가 끝과 시작 어디로도 가지 않는 이곳에 머문다.

그들은 맴돌고 되풀이되기를 바라는 사랑이다. 밀려오고, 다시 밀려오는 슬픔이다.

유령은 문득 나의 연인을 닮은 얼굴을 해 보였다.

"계…… 속 가기 위해서는 멈춰서는 안 됩니…… 다. 돌…… 아보아서는 안 됩니…… 다."

그는 명민하고도 따분한 표정을 짓는다. 비열한 모욕의 기미가 영원의 뒷덜미를 움켜쥔다.

나는 습관처럼 겁에 질리며 더듬거렸다.

"그렇다면 이건 어떨까요. 우리가 둥그렇게 원을 그리며 걷는다면 어떻게 되죠? 앞을 향해 걷는 듯 보이지만 실은 뒤를 향해 원을 그리고 있다면 말이에요. 그리고 어느 순간에는 다시 앞을 보게 되는. 작거나 큰 원 안에서 빙빙 돌기를 택한다면."

"어디…… 로도 갈 수 없게 될 겁…… 니다."

"하지만 원의 둘레가 이따금 목적지에 닿을 만큼 넓어진다면."

"그럴…… 수도 있겠…… 군요."

나는 그에게 목적 없는 간절함으로 대화를 채근한다.

"나는 외벽을 맴돌며 밤을 지새우는 괴물이죠. 어쩌면 당신도 나에 대한 이야기를 들어보았을지도 몰라요. 내가 자꾸만 이 사랑에 대해 묻는 것은 그래서일지도 모르죠."

유령이 침묵하는 동안 나는 떠오르는 많은 말들을 지껄여본다. 나는 온갖 말이 지나는 텅 빈 통로다.

"이야기의 틈을 벌리고 자라나는 이야기들, 그런 것들에서만 이따금 들춰지는 이름이 있죠. 나는 훼손되지 않고서는 말해질 수 없는 이름이죠. 내가 이따금 떠벌이와 뜨내기, 한밤중에 우는 어린 수탉처럼 구는 건 내가 나의 연인을 사랑하는 까닭이에요. 사랑만이 끝과 시작을 나누지 않는 한 쌍의 늙음과 젊음이죠."

유령은 잠시 나를 응시하다가 옅은 슬픔을 내비쳤다.

유령이 묻는다.

"당…… 신의 이름은 나의 유년인가…… 요?"

"미안해요. 나는 배움으로 가득한 유년에는 머물 수 없죠."

슬픔을 지탱하기에 유령은 너무도 가볍고 나긋나긋하다. 그는 마지막 물음을 마치고 물렁물렁한 눈을 감는다. 이제 유년마저도 그를 떠나 사라진다.

자작나무 숲에 비가 내린다.

비가 오자 유령은 나무에 기대어 몸을 웅크렸다. 그의 사뿐함과 상냥함은 낙엽을 우그러뜨리지 않으며 가만히 스스로를 견디고 있었다.

그는 눈을 감는다. 혹은 눈을 뜬다. 이 이야기에서 눈을 감거나 뜨는 일은 중요하지 않다.

"성벽…… 너머에는 문지기가 없…… 어요. 도…… 시로 들어오고 싶어 하는 추방된 자들뿐이…… 죠. 저…… 주받은 잿빛 영혼들. 불멸하는 노인…… 들."

유령 곁에서 늙은 풍뎅이가 낙엽 아래로 기어든다. 유령은 스스로에게서 흘러나오는 말에조차 더는 아무런 관심을 기울이지 못한다.

나는 그의 말에 돌연한 조바심을 느낀다. 습관적인 의심과 자책에 사로잡힌다. 유령의 나긋나긋함이 지니고 있는 것은 한때 나의 연인이 공들여 숭배했던 믿음이다. 이 믿음은 언제나 충분히 탄생하지 못하며 그렇게 끝을 들여다본다. 온순한 체념의 단서를 되살려내, 다시금 더욱 온전히 희생시켜야 할 것만 같은 질투심이 나를 사로잡는다.

희미한 적개심이 나를 허기의 아궁이로 몰아넣고, 나는 땔감과 톱날, 쑥과 콩의 동굴이 된다.

"어쩌면 성이나 성벽, 문지기와 택시 운전수에 대해 당신이 잘 알지 못하는 것일지도 몰라요. 생전에 당신이 배운 것은 읽고 또 읽는 것, 어깨의 먼지를 터는 것, 아버지의 비굴함, 왕실의 가계도, 어린 송아지로 끓이는 국의 조리법 정도가 다였을 테니."

나는 질투에 휩싸여 쏘아붙인다. 나는 유령에게서 맴도는 나의 연인의 신념을 탐욕스럽게 응시한다. 그러나 나는 지난날을 잃지 않고 싶을 뿐, 실은 그것이 무엇인지조차 거의 이해하지 못했다.

"그들…… 은 늘 자기를 숨기죠. 음모에 속지 말……아요."

"도시 가득한 부랑자들의 말을 외워 읊조리고 있군요."

"당…… 신은 늘 피해 마땅한 속임수에 걸려 들……
죠. 물크러지는 사랑으로 인…… 해."

그가 나를 들여다본다. 따분한 듯한 눈길이다.

밀물의 거품이 낙엽 사이를 흐른다. 나는 몸통을 열고
무너진 책꽂이를 가지 끝으로 더듬었다. 나는 사람이 아니
다. 그러므로 내게는 박제된 슬픔이 없으며 성과 성벽과 성
문이 없고 산딸기를 기르는 자와 옷감 짜는 자가 없다. 나
는 그들 모두이자, 혼자서는 누구도 될 수 없는 무너지는
영원이다.

돌연 연인을 향한 그리움이 물크러진다. 그는 구르는
목뼈가 되어 사랑을 쓴다.

유령이 눅진한 낙엽으로 고개를 숙였다. 그는 언제나
처럼 어린아이다운 순진함과 더불어 잠들어 버린 것이다.

"어쩌면 나는 영원에 기대어 미궁에 남을 수도 있었겠
죠. 그러나 시작되지 않는 것을 사랑이라고 부를 수 있을까
요? 나의 연인이 영원을 사랑한 것은 영원이 그를 사랑하
기 때문이고, 내가 그를 사랑한 것은 그가 나를 사랑하기
때문이죠. 그러므로 이제 우리는 모든 이야기를 단 하나의
사랑으로 읽는 저주에 걸린 자들이 되어 저 멀리를 맴돌죠.
이제 우리는 영원처럼 우리가 되죠."

유령은 눈을 감고 잠들어 있다. 나는 잠시 그의 곁에

서 그를 닮은 모습으로 웅크린다. 그러나 이야기와 영원은 사람이 아니고, 그러므로 이곳에서 모든 모습은 중요하지 않다.

원망을 모르는 온순한 영혼은 이제 잠시 스스로를 잊는다. 천진난만한 죽음 저편의 문지기와 같이.

잠든 유령은 평온하게 색색거린다.

나는 연인의 너덜너덜한 주머니로부터 접이식 칼을 꺼냈다. 무딘 칼날로 나의 몸뚱이를 훼손했다. 몸을 열자 호박색 점액이 흘러 부풀어오른다. 나는 허기에 겨워 나를 먹기 시작한다. 나는 몸이자 그것을 먹는 입, 잊히지 않는 시절의 먼 호수, 가장 맑은 계절의 아침 같은 상처가 된다.

자작나무 언덕이 나를 잃는다. 배고픔이 내가 되어 태어난다. 허기는 이곳이 되고, 내가 되고, 우리가 되어, 기억으로 뿌리를 내린다. 가지를 내밀고 빈 곳을 불태운다.

호박색 점액이 흙으로 뚝뚝 방울져 떨어진다.

나는 고개 숙여 물기어린 상처를 할짝거린다. 열린 나의 안쪽은 온통 환하다. 나는 아직 아무것도 쓰이지 않은 종이의 빈자리다. 여기는 빛난다. 여기는 어둠의 다정한 안쪽이다.

허기진 나는 조심스럽게 나를 뜯어먹기 시작한다. 내게서 슬픔의 따스한 살이 찢겨 나간다.

호박색 물기가 입가를 물들인다. 나는 사람이 아니므로 스스로를 먹는 데 통증을 느끼지 않는다.

내게 먹히는 나는 달고 부드러우며 향긋하다.

아직, 나는 최초의 남루한 왕관을 기억해 내지 않는다. 내가 나의 유일한 왕이었던 시절.

기억은 허물어지기 위해 되살아나는 유적이다.

나는 사랑을 위해 이야기를 대신한다.

영원을 닮은 연인들이 이야기의 더께로 스스로를 매장했다.

여자의 무덤을 구르는 왕관과 금붙이, 붉고 푸른 보석, 수업의 끝과 시작을 알리는 종소리, 진주와 산호와 옥의 수는 셀 수 없이 많았다. 그러나 그의 연인은 아무것도 줍거나 걷어찰 수 없었다. 발길질할 수 없고 거머쥘 수 없으며 걸칠 수 없는 수의가 왕국의 머나먼 성벽까지 올올이 풀려 나갔다.

아이들이 실을 풀어 달아난다. 천을 찢으며 어슬렁거

린다. 무뢰배와 협잡꾼과 수도자가 옷감을 따라 긴긴 길을 걷는다. 죽은 자는 고요했다.

슬픔을 이기지 못한 여자의 연인은, 탄생과 동시에 낡아버린 여자의 요람을 본따 자신의 무덤을 지었다. 베틀 같은 미궁 속에 스스로를 숨겼다.

미궁에 감춰진 영원은 이제 영원이 아니며, 신이 아니고, 북풍과 서풍이 아니며, 그렇다고 그들을 지우는 자도 아니다.

더 이상 기도나 전설이 아니며 그렇다고 사람이거나 불신인 것도 아니다.

그들은 스스로를 감춘 자들이다.

그는 가장 온순한 바다의 밀물 같은 사랑에 휘말려 미궁의 괴물이 된다. 연인이 죽음 너머에서 그를 되살리려 비틀거리며 걸어든다.

그들은 연인의 머리칼을 따라 긴긴 미궁을 되풀이해 거닌다.

나는 나를 베어 물어 작아져 간다. 사람의 팔이 자라나고 줄어든다. 사람의 손가락이 자라나고 물어 뜯긴다. 나는 나를 위한 허구의 과일 광주리이자 밤의 밑바닥을 구르는 열매다.

연인을 위한 퇴고

가지 끝이 베이고 윤곽이 희미해진다. 먹어치워지는 나의 곁에서 자작나무들이 수런거린다. 멀리, 조그만 노파들이 붉은 닭과 붉은 달처럼 나무의 몸통을 껴안고 있다.

열두 명의 노파가 날카로운 열두 개의 이로 나무껍질을 갉작인다.

불길한 그림자들이 딱딱한 껍질에 입을 맞춘다. 희고도 붉으며 거무튀튀한 목뼈 또는 나무, 또는 바느질감에 구멍을 뚫는다. 나무는 벌레 구멍으로 울긋불긋하다.

작은 노파들이 자작나무에 피리 같은 대롱을 꽂고 수액을 마신다.

나는 그들을 향해 물크러지는 사랑이다. 발목 없는 발과 희생을 위해 붙들리는 나무, 전설에 헌신하는 양떼들, 연꽃을 파는 장사꾼들, 험상궂은 장사꾼의 겁쟁이 손녀, 비리 한복판에 내리는 여름비, 공중정원의 말썽꾸러기들, 냄비 안의 백합 몇 송이, 이들은 모두 내가 두고 온 나다.

나는 나를 먹어 허기를 달랬다. 그리움 속에서 나의 잎과 잔가지를 먹고 잎과 잔가지처럼 보이는 것들을 먹고 그들로는 보이지 않는 것을 먹었다. 깨물고 으적이고 베어 물어 나갔다.

비가 그치자 유령이 흐린 눈을 떴다.

몽롱한 그의 얼굴에는 살아생전과 똑같은 표정이 지어져 있었다. 나는 먹혀 버려 짧아진 가지를 뒤뚱거리며 어설피 감추었다. 자작나무가 데룩데룩 왼쪽도 오른쪽도 아닌 어중간한 곳으로 눈알을 굴린다. 우리는 혼곤한 평온 가운데 있다. 잠시, 늘 여기에 있었던 것만 같은 익숙함이 찾아든다.

나는 나의 뒤편에 팽창하는 오늘의 깨진 구멍을 숨겼다. 더는 줄어들 수 없는 입자가 된 몸뚱이를 눕혔다. 잘린 가지 끝에서 검고 푸르며 시큰둥한 꽃이 피었다. 꽃의 온갖 시늉은 사랑으로 가득 찬 수작이다. 나를 다 먹어 사라져 버리고 싶은 그릇된 갈망이다.

"잠에서 깨어났군요. 나는 그동안 당신을 기다리고 있었어요. 조용히, 온순하게, 북풍과 서풍 사이에서."

"이…… 곳에는 바람이 없…… 죠."

"그럴 리가요. 모든 이야기에는 어쩔 수 없음이 도사리고 있다는 것을, 당신은 또다시 잊어버린 듯 구는 군요."

"이…… 야기를 기억하기에 나의 죽음은 너무 가볍고 나긋나긋하…… 죠."

"알고 있어요. 당신의 짐요힘을."

유령과 나는 서로 앞다투어 죽은 연인을 흉내낸다. 잠

시 그가 나이고 내가 씨앗이며, 물레 가시가 우리를 찌르는 듯한 순간이 이어진다. 그러나 유령은 금세 불안을 잊었다. 그는 무관심하기 위해 이야기의 왕이 묻힌 언덕을 오른다. 그는 언덕을 오르기 위해 탄생한 이야기다. 쇠똥구리의 쇠똥이자 쇠똥의 쇠똥구리이고, 바위를 굴리는 유령이자 유령의 바위다.

나는 그의 뒷모습 가운데서 줄어들며 매달려 있는 사람의 그림자를 보았다.

"길이 온통 젖었군요. 나무에서 더 많은 낙엽이 떨어졌어요. 내게서 길을 감추려는 듯이."

나는 의심스럽게 혀를 차며 나무를 돌아보았다. 구멍 난 나무들로부터 이따금 휘파람 소리가 들려왔다.

유령은 탁한 웅얼거림을 뱉으며 자리에서 일어났다. 나는 그의 웅얼거림을 알아들을 수 없었다. 그의 혼잣말은 아늑한 평온 가운데를 맴돈다. 그의 목소리는 보글거리는 거품 같다. 부글부글 끓는 단지 속의 물 같다. 그것은 아무리 끓어도 넘치지 않으며 가까스로 단지 속에서 휘몰아치고 있다.

우리는 계속 걷는다. 젖은 진흙에 미끄러지고 낙엽과 죽은 풍뎅이 껍질을 바스러뜨린다. 길은 점점 더 가파라진다. 끝을 알리듯 좁아진다.

나는 좁아진 길 가운데서 누군가 우리 뒤를 쫓고 있음을 깨닫는다. 굶주린 노파들이다.

나는 뒤를 돌아볼 수 없다.

그러나 나는 뒤를 돌아보기 위해 괴물이 되는 영원이다.

등 뒤에서 나의 연인이 나를 부르고 있었다.

"저들은 늘 너무도 가깝군요. 당신은 저들을 볼 수 없겠죠."

나의 탄식과 푸념과 애원은 사실상 아득한 무덤의 메아리나 다름없다.

"뒤를 돌아보면 내가 이번에야말로 그를 되찾을 수 있을까요?"

유령은 답하지 않았다.

나는 미련으로 인해 진흙을 헛디디며 미끄러졌다.

"당…… 신은 우리의 슬픔이…… 죠. 잊…… 혀진 모든 이름이고, 이야기를 짓는 물레이자 물레 가시에 찔린 최초의 손가락이…… 죠. 이 언덕은 당신을 위해 바쳐진 요람이에…… 요. 저…… 기, 당신의 잊혀진 탄생이 언덕 끝에서 당신을 기다리 ⋯ 죠."

유령이 더듬거린다.

내가 웅얼거린다.

"나는 등 뒤의 연인을 사랑해요."

"그…… 는 몽롱한 결말들 가운데서 태어나는 사람이…… 죠. 곧 모든 것이 괜찮아질 거예…… 요."

모든 것이 괜찮아지는 까닭은, 그것이 이야기의 운명이기 때문이다.

그러나 사랑은 이야기 뒤편에 있다. 영원의 붙들린 뒷덜미에서 되풀이된다.

나는 사랑으로 인해 머뭇거린다. 기억도, 영광도, 한때 나였던 온갖 전생과 생애도, 머뭇거림 속에서 잠시 잊혀진다.

나는 미궁을 지어 스스로를 감추는 괴물이다. 영광과 헌신의 언덕에서 오직 머뭇거림에만 스스로를 헌정하는 깨진 구멍이다. 연민이 되다 만 환멸, 기쁨 직전에 멈추는 무료함, 뒤죽박죽인 것, 울긋불긋한 것, 얼룩덜룩한 것, 없어지다 마는 것, 탄생하다 마는 것, 그런 것들이 나의 사랑을 가까스로 이어나간다. 나는 온전한 사랑이 될 수 없는 가장 온순한 바다의 거품 섞인 밀물이다. 북풍과 서풍에 떠밀려 뭍으로 걸어나오는 오래된 저주다.

그러므로, 그는 다음 생에도 나를 찾을 수 있다. 우리가 서로를 사랑하는 것은 우리가 서로를 사랑하기 때문이다.

　머뭇거리던 나는 진흙과 눈과 빗물 웅덩이, 알록달록한 쓰레기 한 뭉텅이에 걸려 비틀거렸다. 두려움이 나를 더욱 버둥거리도록 만들었다.

　나는 넘어지고 휘청이며 헛되이 나아가기를 멈췄다. 저기 등 뒤에서 내가 애타게 기다리던 이가 나를 부르고 있었다. 나를 부르는 자는 이 이야기를 쓰는 우리다.

　비틀거리는 나를 따라 베어 물려 열린 나의 몸뚱이에서 푸르고 희며 누런빛을 띠는 꽃이 피어난다. 검고 붉으며 점 투성이인 꽃이 피어난다. 흰 수염줄기가 자라고 구부정한 가지가 휘청이고 옥수수 알과 쌀알이 흩어진다.

　나는 굴러 떨어지는 것들을 줍지 않았다. 물크러지는 사랑으로 인해, 나는 잠시 사람의 눈이 되고 손발이 되며 입과 이와 혀가 되었다.

　사람의 입 속에서 붉은 열매가 으깨졌다. 나는 입가를 닦으며 영원의 뜰에서 손으로 바닥을 짚어 몸을 일으켰다.

　노파들이 비틀거리는 나를 알아챘다. 그들은 슬픔의 밑바닥을 구르는 탐욕스러운 연인이다.

유령은 느리게 걷고 있었다. 그는 무료하게 걸음을 늦추었으나, 그 걸음은 끝내 나를 위해 멈춰서지는 않았다.

"놓고 가지 말아요. 아직 나를 버리고 가서는 안 되잖아요."

나는 절뚝거리며 그와 조금 더 말을 주고받아 보려 애썼다. 주고받을 수 있는 뜬소문과 신소리 가운데서 그가 거머쥔 이야기의 단서를 살피려 미적거렸다.

낡은 주머니 속에서 날붙이가 덜그럭거리고 피가 고여들고 날벌레가 얼룩을 남긴다. 얼룩덜룩한 목뼈가 위도 아래도 아닌 곳을 구른다.

나는 주머니를 꺼내 손바닥에 나동그라뜨렸다. 향기로운 몸뚱이에서 낡은 주머니가 달랑거렸다.

나는 두고 가지 말라고 애원하면서도 점점 더 그로부터 멀어져 버리는 괴물이었다.

이야기는 잃어버리며 나를 움켜쥔다.

이제 쓰일 수 있는 유일한 것은 의혹이라는 이름의 사랑이다.

걸음을 멈춘 나는 뒤를 돌아보았다.

자작나무들이 수런거리고, 연인들은 여기에서 태어난다.

뒤이자 앞인 길을 헤매는 자들이 내게로 다가온다. 나는 유령에게 말했다.

"조금만 더 기다리세요. 아직 나를 떠나지 마세요. 그것이 이야기의 운명이지 않나요?"

나는 어느새 우리가 이야기의 한복판에 다다라 있음을 깨달았다. 비로소 긴긴 오후의 끝이었다.

그리고 끝은 시작을 위해 쓰인다.

멀리, 나무 아래 비틀거리던 자가 다가와 나를 집어삼켰다. 나는 그를 뿌리치지 않았다. 그는 긴긴 굶주림 속에서 자신을 위해 주어질 영원을 기다려온 자다. 미궁의 괴물을 죽이려 자신의 머리칼로 밧줄을 만든 자, 끝없는 사랑의 허기 속으로 자라나는 실이다. 나는 그를 알고 있었다.

나의 사랑이 나를 먹어치운다. 호박색 슬픔이 뜰과 담장과 공동 정원을, 공중 정원과 격납고와 분실물 보관소를 적신다. 나는 낡은 주머니에서 접이식 칼을 꺼냈다.

저들은 나를 사랑하는 한 쌍의 여자다. 교차되는 늙음과 젊음이다. 그의 숨소리가 귓가에서 들려왔다.

언덕 꼭대기에서 무심한 유령이 이야기의 눈이 되어 우리를 바라보고 있었다.

나는 웅얼거린다.

연인을 위한 퇴고

"나는 내동댕이쳐지며 탄생하는 기억이죠. 당신의 잃어버린 유년, 잃기 위해 쓰이는 유년, 유년을 위해 사라지는 전생과 생애, 말이 되기 이전의 온갖 수런거림, 그런 것들의 비밀을 두고 가는 것이 모든 이야기의 운명이죠. 당신은 이야기의 유예된 침몰이고, 여기 나를 두고 가는 것은 당신이 할 수 있는 전부예요. 여기, 한낮처럼 나를 두고 가세요. 그런데 정말로 이곳이었던가요? 정말로 지금이었을까요?"

유령은 그가 꽃으로 가득한 관 속에서 갈고 닦은 체념의 기술을 발휘한다.

그는 기도한다.

"이제 모든 것이 되풀이되겠죠."

그의 말은 일순간 나의 흐느낌처럼 들린다.

그러나 일 초 뒤의 일 초는 어김없이 침몰하고, 그는 나를 둘러싼 소란을 등지며 뒤돌아섰다.

걸음이 빠른 노파가 엎어지듯 내게 피리 같은 대롱을 꽂았다. 그들은 굶주림에 두려움을 잊었다.

날카로운 통증이 나의 몸으로 번졌다. 나는 노파에게로 돌아섰다. 사람이 되어 사람을 마주보았다.

박혀 있던 칼이 내게서 힘없이 떨어진다. 나는 올이 풀린 주머니를 휘두른다. 주머니의 삭은 실이 순식간에 바스라진다.

연인의 목뼈가 젖은 흙과 낙엽, 잔가지와 땅거미 사이로 나동그라진다. 영원처럼 어스름한 땅거미가 문득 숲을 짓누른다.

나는 가파른 길을 따라 데굴데굴 구르는 그를 주우려 비틀거린다. 뒤뚱거리고 무너져 내렸다. 유령은 나를 위해 돌아서지 않는다.

연인은 자갈 틈을 구르고, 해묵은 풍뎅이 시체에 부딪힌다. 허망하게 튀어 올라 자작나무의 좁다란 구멍 속으로 들어갔다. 나는 흐느끼며 달려가 그 작은 구멍을 들여다보았다. 희끄무레한 그가 나무 속에서 뿌리를 내리고 있었다.

나의 연인이 씨앗처럼 되살아난다. 나는 내가 그를 잃고 홀로 떠날 수 없음을 깨닫는다. 땅을 딛고 있던 나의 발이 흙을 파고들며 가느다란 뿌리를 뻗는다. 이제, 나는 열두 개의 발로 달리는 이곳의 왕이다.

하늘을 향해 잎들이 자라난다.

내 몸으로부터 소금 냄새 묻은 여린 잎사귀들이.

15

씨앗은 가로수가 되어 눈을 뜬다.

잠에서 깨어나며 내가 마주하는 것은 첫 벽의 무한하고 환한 인상이다. 긴 꿈의 문지기들이다.

우리는 두 그루의 수런거림에 뒤섞여 있다.

나의 연인은 나무가 되어 내게 자라나는 팔을 뻗는다. 이제 그는 나를 위한 기다림이다. 미궁의 긴긴 낮과 긴긴 밤, 거듭되는 자정과 정오다.

그는 향나무 가로수가 된다. 나무는 군데군데 껍질이 벗겨지고 거무스름한 물기로 뒤덮여 있다.

그는 자작나무 가로수가 된다. 나무는 뼈처럼 울긋불긋하고 파리하며 수심에 젖어 있다.

그는 입구가 보이지 않는 외벽의 왕자가 된다. 열두 명의 할머니에게서 태어난 열두 명의 어머니인 그는 어린 시절 잃어버린 장난감 반지를 찾으려 미궁으로 기어든다.

그는 운전수를 위한 금화다.

열차의 티켓이다.

아궁이의 땔감이다.

부지깽이에서 자라난 포도 넝쿨이다.

"너는 나를 위해 이곳에서 걸음을 멈추었구나. 흙을 구르고 언덕에서 나동그라지고 영원을 내동댕이치며 우리에게로 기우는 두 개의 팔이 되었구나. 여기는 소란하고 조용해. 왕자와 공주와 열두 마리 개들이 떠난 텅 빈 궁전의 앞뜰이지."

나는 그의 침묵 속에서 애틋한 이야기를 본다.

잎사귀들이 수런거렸다. 비가 내리고 있었다. 나는 자라나는 식물의 이미지가 되어 허구의 가장자리로 손을 내밀었다. 그러나 나는 이제 한 그루 나무가 되었으므로, 내게는 사람의 손이 없고 발톱과 눈동자와 허술함이 없다.

나는 팽창하는 집요함이다.

"행간도 행도 아닌 곳에 쓰인 글씨, 너의 가지, 너의 꽃, 너의 열매, 너의 미몽과 너의 그리움. 너는 이곳에서 사람처럼 잠들어 있구나."

너는 잠시 사람이 되어 걷고 있다.

장군의 아이가 되고, 후계자의 약혼자가 되고, 노파가 되고, 정원사가 되다. 너는 소녀에게 밟힌 귀를 지우는 자이자 그의 손에 들린 새앙쥐, 뱀, 호랑이가 된다. 너는 소녀가 되고, 너는 다시 태어나, 다시 사라진다.

　나의 연인이 두 갈래로 자라난 팔을 나의 팔에 얽었다.

　모든 것은 연민을 바라는 비굴한 사랑에서 비롯된 허구일지도 모르지만, 이제 그런 의혹은 이 뜰을 구르는 풍뎅이 껍질과 자갈과 낙엽에 지나지 않는다. 우리는 잠시 이야기의 빈자리에 머문다.

　푸른빛과 갈빛이 물크러진다. 낙엽이 쌓이고 싹이 움튼다. 긴긴 오후처럼 자라난 가지가 서로를 얽어맨다.

　그리움을 위한 환한 공백 가운데서, 그는 끝내 나를 떠나지 않았다. 나를 위해 폐허에 뿌리 내렸다. 연약한 표피에 딱딱한 껍질을 드리웠다. 나는 조그만 향나무에게 속삭인다.

　"내게 기댈 때 너는 여전히 무척 가볍구나. 이곳은 서늘하고도 평온하구나."

　향나무의 고독이 잔바람에 흔들리며 수런거린다. 젖어 거무스름해진 진흙 빛깔의 수피와 흰 반점이 빗물로 번들거린다. 나무 몸통을 둥글게 둘러싼 나뭇가지 사이로 열두 계절의 희붐한 볕이 비쳐든다. 그는 둥그런 지붕의 깨진 구멍이다. 구멍으로 흘러드는 모래이자, 모래를 밟는 발이며,

뭍으로 밀려든 거품의 신이다.

그는 잠시 깨어나지 않는다. 그러나 이 이야기에서 잠들거나 잠에서 깨어나는 일은 서로 다르지 않다.

그는 잠시 사람이 되어 이야기 뒤편의 영토를 거닐고 있다. 그는 수의를 짜는 거미이자 호숫가를 기웃거리는 사슴, 채소를 기르는 노인, 자신의 연인인 내가 되어 이야기의 씨실과 날실을 교차시킨다.

최초의 왕이 이야기를 만든다.

이야기는 녹슨 계절을 가로지르고 죽은 연인을 되살린다.

둘은 돌아올 곳을 알기 위한 시간으로 나아간다. 없어진 것을 불러내고, 불러낸 것을 없앤다. 목뼈로부터 나뭇가지를 길러낸다. 먼 곳으로 되돌아온다. 베어 물린 열매 같은 몸을 열어 마음을 감춘다. 어떠한 이야기를 쓰려 하든 단 하나의 이야기를 되풀이하고 마는 기도에 스스로를 바친다.

더욱 먼 곳으로 되돌아간다. 밀물처럼 돌아선다.

되돌아오며 멀어지는 그는 이야기의 더께에 스스로를 매장한 괴물이다.

그의 절뚝이는 사랑 속에서 이야기의 물레는 잠시 올

풀린 영원을 짜내려간다.

아늑함이 찾아온다. 숲속에서 붉고도 검으며 흰 빛을 띠어 얼룩덜룩한 열매가 자라난다. 열매는 흙탕물로 미끄러져 나무를 길러낸다. 나무들이 수런거린다. 연인들은 이야기를 만든다. 쉼 없이.

나는 잠든 연인 가까이로 있는 힘껏 가지를 기울인다. 나의 몸통에서 자라난 검고 푸른, 희고 누런, 얼룩덜룩한, 자줏빛 잔가지들이 옅은 비명을 내지른다. 탄성을 뱉고, 탄식한다. 나는 내가 사냥한 전생과 생애에게 잎과 가지를 숙인다.

낙엽들이 버석댄다. 내게서 물과 뜰과 모래 냄새가 풍긴다. 우리는 서로의 가지를 실타래처럼 엮는다. 기억들이 굴러떨어져 진흙을 구르고 굶주린 자들을 지나친다.

우리는 되돌아보기 위해 탄생한 지하의 길이다.

어디로도 가지 않으며 이 환한 길에 매인 두 개의 소금 기둥이다.

등 뒤의 침몰은 우리가 내던진 영원이다.

비가 그치자 멀리서 불멸하는 노파들이 우리를 힐끔댄다. 나는 유순한 체념으로 그들을 맞이한다. 가엾은 자들이 우리에게 입을 맞춘다. 망령들이 언덕을 배회하고, 낙엽이 쌓인다. 노파들이 허기를 달래며 스스로를 잊는다. 잠시 뒤를 돌아보지 않는다.

이곳은 젖어들어 서서히 무너져 내리는 중이다. 낮아지며 높아진다. 진흙 아래 감춘 것을 드러내지 않으려 나무들은 부지런히 잎을 떨군다. 수확의 계절에 영글어지는 믿음이 겹겹이 쌓인 낙엽에 묻힌다.

누구도 따지 않은 열매들이 언덕을 구른다. 어느 손가락처럼 길쭉한 자작나무 열매들. 올올이 자라난 뾰족함이 무른 흙을 찌른다. 열매가 흙에 묻힌다.

씨앗이 낙엽에 기댄다. 시간을 죽이고, 제물을 바친다. 부엽 가운데 옴폭 팬 자신의 둥그런 자국 가운데서.

— 흰 보자기에 감싸인 엄지손가락 같은 향나무 열매들.

"우리를 서로의 연인이라고 부르자. 너는 사람이 아니지만, 너의 가지는 누군가를 안기 위해 뻗어난 팔처럼 따스하고 부드러우니."

나는 다듬어지지 않은 가로수를 감싼다. 삐걱거리고 수피가 터져 가며, 느리고 꾸준하게, 집요히, 더없는 정성으로 자라난다. 나는 돌진한다. 쉼 없이 자라난다. 그가 내게로 잠의 밀물처럼 고집스럽게 밀려들 듯이.

풍요로운 씨앗의 계절이 물크러진다.

우리는 쉼 없이 자라난다. 우리는 상처로 뒤덮여, 세상에 몸을 잃어 가며, 이따금 가지가 꺾이는 채로, 평온한 체념 가운데서 쉬지 않고 서로에게로 기울어진다. 가지보다 더욱 굵다란 뿌리들로 언덕을 움켜쥔다. 그의 뿌리가 보이지 않는 곳에서 서서히 내게로 엉켜든다. 기다림을 위한 탄식이 나를 옭죈다. 양분과 물기를, 흙 속의 기다림을 그러모은다. 가로수 아래로 거리와 차체의 헤드라이트가, 웅덩이가, 신호등이 깜빡거린다.

열매가 익는다. 한 떼의 평온한 새들이 날아와 지저귀다가 열매를 쫀다. 우리는 더는 어디로도 가지 않는다. 그가 희미한 통증 가운데서 눈을 뜬다. 몽롱한 잠 가운데서 깨어나 새 소리를 듣는다.

나는 잔바람에 가지를 떤다.

"괜찮아. 다시 잠 들어도 돼. 나는 변함없이 여기 있으니."

"기…… 다리던 소식을 듣게 되었나…… 요?"

"괜찮아. 너는 우리를 잊지 않고, 아늑한 평온 가운데서 네가 되는 중이지."

그의 숨결은 잠에서 미처 다 끌어올려지지 못한 기억들로 엷게 떨린다. 나른함이 고여 든다.

새 한 마리가 나무 열매를 꺾어 부리에 문다. 새는 머뭇거리다가, 우리를 곁눈질한다. 작은 눈을 데록데록 굴린다. 그러다가 끝내 결심한 듯 날개를 펼치고 우리를 떠나간다.

새는 이야기를 만들고 있다. 열매를 물고 달아나다가 문득 불어온 북풍에 그것을 떨어트리는 이야기를. 혹은 그와 정반대되는 기쁨을.

나는 새가 멀리 바다 근처 모래밭으로 날아드는 모습을 떠올린다. 그곳에서 연약하고 사랑스러운 이가 그것을 읽고 있다. 스스로를 잊은 채로. 잠시, 눅진한 따스함에 젖어.

애인의 뿌리가 나를 간질인다. 나는 물과 모래 냄새 가운데서 어렴풋이 잠이 든다. 애인의 가지가 잠든 나를 껴안는 것이 느껴진다. 그는 부드러움 속에서 끈질기게 우리가 된다. 내가 끈질기게 그리하듯.

우리는 미몽 속에서 이야기를 웅얼거린다.

되풀이되는 영원이 우리의 뒤에서 미궁을 걸어나오는 발소리가 들리지만, 그는 사람이 아니므로 발이 없다.

그러므로 남겨지는 것은 사랑뿐이다.

16

한 여자의 여정이 그를 미궁으로 이끌었다.

사람들은 그곳이 헤매려는 자들을 위해 지어진 길이므로 미궁이라 불려야 한다고 이야기했다.

여자가 지나온 뒤로 통로들은 연달아 무너져 내렸다. 문은 사라지기 위해 만들어진 듯 조악했다. 약간의 흔들림만으로도 미궁은 그 가냘픈 벽을 모두 잃어버릴 위기에 처했다.

"이곳도 언제 무너질지 몰라. 그러니 떠나야겠지."

"꼭 떠나야 하나요?"

여자를 만난 괴물은 겁에 질려 조심스럽게 물었다. 그는 그곳에서 깨어난 후 어디로도 떠나 본 적 없었다.

폐허 가운데 그를 길러낸 씨앗 껍질이 묻혀 있었다.

그는 여자를 사랑하게 되었으므로, 여자가 홀로 떠난다면 견딜 수 없을 터였다. 여자는 괴물을 상냥하게 다독이며 속삭였다.

"너를 위해서야. 언젠가 네가 굶주림을 기억해 낸다면 너는 이곳에서 혼자 그것을 견딜 수 없을 테니."

이곳에서 괴물은 아직 굶주림을 모른다. 그의 기억은 아직 사랑에만 머물러 있다. 오롯하고 환하며 버티기 어려울 만큼 온순한 사랑.

여자의 손이 바닥을 쓸어내렸다. 모래가 거품처럼 손에 쓸려 나갔다. 괴물은 두려움 속에서 위안을 구했다. 여자는 그를 위로했다. 그들이 가게 될 먼 곳, 여기보다 더 멀고 아득한 곳에 대해 들려주었다.

날이 밝자 둘은 네 명의 신처럼 천장을 들고 있던 벽 가운데 하나로 다가갔다. 무너진 천장에서 태양 빛이 물결처럼 밀려들고 있었다. 여자가 높다란 책꽂이를 무너뜨렸다. 책들이 쏟아졌다. 낙엽처럼, 곤충의 얇은 날개들처럼, 책장이 흩날렸다.

둘은 책을 밟고 무너진 천장 밖으로 몸을 내밀었다.
멀리 파도가 부서지고 있었다.

나무
왕의

으뜸

재

이불 아래 숨은 작은 몸.

그가 여기 있다는 것을 안다.

저 낡은 커튼을 기억하고 있다. 그의 뒤편은 온통 빛, 침대는 오래된 가구다운 부드러운 윤곽을 지녔다. 이곳은 사라지지 않고 간직된다.

나는 언제까지고 그를 볼 수 있을 것 같다. 그의 몸이 숨결을 따라 이불 아래에서 오르내린다. 그는 오랜 시간에 걸쳐 잠에서 깨어난다. 그는 나를 닮았고 나는 그를 닮았다.

나무 왕의 방

우리의 어린 얼굴. 열한 살 또는 열두 살.
눈을 뜬 그는 나를 발견한다.

어디에서 온 건가요? 거기엔 문이 없는데.

깨어난 그의 머리칼과 뺨, 어깨로 볕이 든다. 그는 내가 짓는 글. 잎새로 드는 햇살, 마칠 수 없는 이별. 이 오래된 방에는 언제나 따뜻함이 있다. 어둠과 볕은 다르지 않다. 우리는 여기에 있고, 이제는 여기를 떠난 지 오래다. 여기 나의 환한 어둠이 고여 있다. 우리의 그리움이 있다.

어른이 된 그가 있는 저 멀리에 어른이 된 내가 있다. 그리고 우리는 또 여기서 매일 서로를 들여다본다. 어른의 얼굴이 갖는 비밀들을 본다. 아이들은 아직도 이 작은 방에 숨어 있다. 나는 여기 남은 이를 위해 기억을 서성거린다.

때로 그를 잃어버리고 말았다는 사실에 조바심이 난다.

이곳은 우리의 방, 겹겹이 스민 잃어버림의 더께.

나는 침대로 다가간다. 그의 어린 얼굴을 어린 손으로 어루만진다. 우리는 서로의 얼굴로 인사를 나눈다. 우리가 오래전, 이 엷은 전날의 어스름 속에 늘 함께였다는 듯이.

안녕, 날이 환해졌어요. 당신이 깨어나기 전부터.

당신은 언제 여기 도착했죠?

우리가 잠들기 직전에. 여기 웅크리고 당신과 몇 마디 인사를 나누기도 했었죠. 눈꺼풀 아래 어스름 가운데서.

그는 그런 일이 기억나지 않는 듯 미소를 짓는다. 나는 그에게 이곳이 어딘지 알고 있다고 소곤거린다. 나를 믿어 달라는 듯 기억들을 읊는다.

이 집은 그가 태어나기 전, 그의 아버지가 자라난 곳이다. 그의 할아버지와 할머니가 조금씩 끈질기게 돈을 모아 구입한 그들의 허물이다.

이곳은 한때 온전히 그들의 것이었다. 아이들을 혼내고, 취하기 위해 술을 마시고, 어느 순간에는 돌연 부유해졌던 이들. 이 집은 그들의 무덤 같은 저택이었다. 나의 속삭임을 듣던 그가 중얼거린다.

나는 할아버지의 얼굴을 기억해요. 그는 한겨울에도 따뜻한 손을 가진 사람이었죠. 눈이 부리부리하고 노인임에도 젊은 남자처럼 머리카락이 새카맣고 말을 할 때면 희미하게 여기 냄새가 풍겼죠. 그리고 딤맷새가 있었죠.

응, 당신은 나에게 당신 할머니에 대해서도 아주 가끔

이야기해 주고는 했었죠. 할머니는 냉장고의 음식을 무엇도 버리지 못하는 사람이었다고, 그래서 당신이 오면 무엇을 내주어야 할지 모르겠다는 듯 눈을 돌려 버리는 사람이었다고. 얼룩진 치마들, 돼지고기의 희고 두꺼운 비곗덩어리를 씹어 삼킬 때 밀려들던 낯선 기억, 낮은 천장과 벽에 걸린 달력의 붉고 푸른 날짜들.

응, 그 사람들은 바로 그런 사람들이었죠. 어쩌면 전혀 다른 사람이었을지도 모르고, 분명 그런 순간도 있었겠지만 내게는 늘 같은 사람일 뿐이죠. 나는 그들을 사랑하고 싶었어요. 이 집에 머물게 될 때면 늘 몸을 작게 웅크리려 했죠. 내가 누구도 해치지 않을 수 있도록. 가볍고 연약해서 쉽게 잊힐 수 있도록.

그가 미소 짓는다.

커튼이 덮인 창 너머에, 무엇이 있는지 잠시 온전히 잊었다는 듯이.

한번은 할아버지의 흔들의자에 몰래 앉아 본 적이 있었죠. 아무도 없던 어느 날 의자에 앉아 할아버지처럼 그 육중한 나무 의자를 흔들어 보려 했지만 내 몸은 그런 무게를 이기지 못했어요.

그래요, 그때 당신은 누군가에게 사랑받고 싶다고 생각했죠. 사랑받고 사랑하고 싶다고, 그렇지 않으면 당신이 누구인지 깜빡 잊게 될 것처럼, 그런 일이 아주 큰 문제라도 된다는 듯이.

나는 올이 가느다란 그의 흑갈색 머리카락을 쓰다듬는다. 그는 내가 쓰는 이야기, 내가 마치지 못하고 되풀이하는 한 편의 사랑이다. 우리는 조금씩 달라지는 비슷한 글들로 이루어진다.

당신은 온순하고 겁이 많은 아이였어요. 그것이 당신이 내게 들려준 오래전의 기억이죠.

그의 둥근 뺨에는 아직 아무런 흉터도 없다. 언젠가 그는 우연한 일로 뺨에 옅고 흰 흉터를 갖게 된다. 연못처럼 둥근 흉터다.

그는 자신이 아직 겪지 않은 미래를 먼눈으로 바라본다. 그는 아이의 몸을 한 슬픔. 이 앳된 빈자리는 뒤뚱거리며 나의 뒤를 따라와, 머지않아 내가 된다. 작아지는 하나의 점이 된다. 우리는 여기 이 아득한 허구 속에서 서로의 뒤를 따라 걷는다. 흔적들이 쌓여 우리가 된다. 우리는 맴돌며 자취가 된다.

그의 어린 비극들을 기억한다.

조금 더 자란 뒤, 그가 잠을 자던 바로 이 방에서 벌어진 일이다. 열한 살 또는 열두 살의 그는 아직 그런 일들을 모른다. 햇살이 드는 방에는 아직 연약한 평온이 그를 위로하듯 머물고 있다.

손길에 뺨을 내맡기며, 그는 말한다.

할아버지가 사라진 후, 아버지는 늘 그의 이야기를 했죠. 그가 살던 이 집을 찾아와 그의 물건들을 바라보았죠. 하염없이. 어느 날엔가는 밤과 낮의 경계를 잊으며. 아버지는 어린 시절 어른들에게 때로 무섭게 혼이 났다고 했어요. 나는 한 번도 호되게 맞아 본 적 없었고, 내가 사랑하는 사람들은 누구도 나를 때리지 않았어요. 그들의 손이 그런 짓을 할 수도 있다는 사실을 영영 모르고 지내온 것처럼 온순했죠.

그래요, 당신이 그러하듯이.

응, 나는 내가 거짓말을 하고 있다는 것을 알아요. 그것이 내가 늘 온순해져야 하는 이유죠.

그가 미소 짓는다.

거짓이란 그가 언제든 열 수 있는 작은 창문에 지나지 않는다는 듯이.

그 시절에는 누군가 다른 이를 때리는 일이 훨씬 더 흔했다고. 그러니 아버지가 겪은 일들은 그리 놀랍도록 끔찍한 일만은 아니었다고. 아버지는 그렇게 말했어요.
그 시절은 어떤 시절이었죠?

그의 대답을 기다리며 나는 모르는 거리들을 그린다. 그리움처럼 거리가 이어진다. 그 모습이 계속 달라진다. 슬플 때면 집들은 더 허름해지고, 더 빠르게 담장이 무너져내리고, 개들은 더 쉽게 죽음을 맞는다.
모르는 곳과 아는 곳이 닮아 간다. 모든 길이 그리움 속에서 물크러지고 있다.

동물들은 여전히 매일 죽음을 맞아요. 담장들은 여전히 매일 무너지죠.

그가 내게 묻는다.

당신에게는 어떤 시절이었죠?

나무 왕의 방

내가 모르는 그 시절이?

아니, 당신의 훗날이.

그가 나를 바라본다. 어린 그가 어린 나의 얼굴로부터 폐허를 들춘다. 나는 매일 무너져내리는 작은 집이, 나의 마음이라는 것을 안다.

담장이 허물어지고 벽돌들이 낡는다. 나는 내가 아는 가장 좋은 진실을 속삭인다.

먼 훗날, 나는 당신 곁에서 잠들죠. 우리는 매일 서로에게서 모르는 얼굴을 발견해요. 하지만 곧 그 얼굴을 좋아하게 되죠. 혹은 흐리고 긴 악몽처럼 잊어버리거나.

내가 모르는 비밀들은?

비밀들은 늘 이곳이 아닌, 먼 곳에 있어요.

나는 그에게 과거의 글들을 써 준다. 그는 침대 밖으로 걸어 나와 내 곁에 웅크린다. 벽들이 느리게 허물어지는 소리가 들린다. 눈에 보이지 않을 만큼 천천히 흔들리고 있다.

우리는 커튼 뒤에 감추어진 것을 찾아내듯 서로에게서 닮은 얼굴들을 읽어 낸다.

우리를 닮은 우리와, 우리 너머의 우리를. 부드럽게 뒤섞이는 여럿의 풍경들을.

호수

　나는 그에게 비밀을 알려준다. 경계를 드나들 때 비로
소 또렷해지는 마음이 있다. 오래된 이야기, 지금 이 순간
의 이야기다.

　당신을 만난 도시로부터 아주 먼 곳에 나의 집이 있죠.
그곳은 시골이고, 나는 뜰에서 자라나고 있어요. 금작화나
잔디처럼. 메뚜기나 귀뚜라미처럼. 나의 집은 엄마와 아빠
가 자신들의 손으로 지은 작은 집이죠. 나무 틀로 된 창문
들, 붉은 빛이 도는 갈색 지붕, 커다랗고 흰 벽돌들로 이루
어진 외벽. 아기 돼지 삼형제의 막내 돼지 집처럼. 나는 평
온해요. 슬픔을 모르는 작은 동물이죠.

　나는 좋았던 기억을 떠올린다.
　나의 작은 집에는 담장이 없다. 소나무와 아까시나무,
자두나무가 있다. 개들이 있다

얼룩무늬 개들이 뜰을 뛰어다니죠. 나는 매일 개들과 놀아요. 어디로도 가지 않고 뜰에 머물죠. 엄마가 집으로 오라고 나를 부를 때까지.

집 밖의 길들은 어디로 이어졌죠?

오로지 호수로. 모든 길이 호수로 이어지는 곳이므로.

나는 그에게 어느 맑게 갠 날 보았던 먼 호수에 대해 말해 준다. 집 뒤편 길들의 끝에 호수가 있었다. 호수는 은빛 물결로 이루어진 곳이었고, 나는 한 번도 거기 가 본 적이 없었다. 아버지는 내게 그곳이 호수가 아니라 그저 웅덩이일 뿐이라고 이야기했다. 어머니는 미소를 지었다.

당신을 만난 커다란 도시에서 나는 그 호수와 똑같은 색을 지닌 강을 보았죠. 내가 가질 수 없는, 바로 곁에서 있어도 영원히 온전히 다가갈 수는 없는 곳.

그래요, 모든 도시는 강과 길로 이루어져 있죠. 강은 몸, 물, 별, 바다죠.

강이 길이 되고 길은 강이 되는 곳. 모든 것이 변해 얼핏 무엇도 변하지 않는 듯 보이는 곳.

이건 어느 순간의 기억인 거죠?

나의 물음에 그는 미소를 짓는다.

커튼 뒤, 이미 사라져 버린 것을 보아도 견뎌 낼 수 있다는 듯이.

그가 나의 어리고 둥근 이마를 쓰다듬는다.

올이 가느다란 나의 흑갈색 머리카락을 부드럽게 쓸어 넘긴다.

슬퍼하지 말아요.

좋은 일들도 있죠. 우리는 늘 좋은 일에 둘러싸여 있어요. 따스한 초여름의 바닷물, 욕조의 물거품, 몇 번을 되풀이해 읽을 수 있는 책, 녹아가는 양초 같은 것들. 그리고 개들.

고양이들.

뜰의 참새들, 먼 곳의 호수들.

우리는 서로의 귀 모양과 뺨의 작은 흉터들, 옅은 주름, 손가락의 비뚜름함을 물끄러미 들여다본다.

좋은 일에 대해 소곤거릴수록 우리는 점점 더 서로의 어린 얼굴로부터 비밀들을 발견할 수 있다. 그것은 겹겹이 놓인 마음의 더께다. 물크러지며 서로에게 겹쳐지는 두 개의 벽이다. 창문처럼 걸어 잠글 수 있는 온순한 거짓들이다.

나무 왕의 방

한순간, 그는 마지막 이야기를 시작한다. 돌림노래처럼.

나무 왕의 이야기를.

할아버지가 사라진 후, 아버지는 때로 그의 이야기를 했죠. 그가 살던 이 집을 찾아와 혼자 남겨진 할머니를 바라보았죠. 하염없이. 어느 날엔가는 낮과 밤의 경계를 잊으며. 아버지가 할머니와 큰 소리로 이야기를 나눌 때면 어머니는 나를 이 작은 방으로 데려왔어요. 문 너머에서 들려오는 소리들이 들리지 않는 시늉을 하며, 나를 창가로 이끌었죠. 낡고 두꺼운 커튼에 덮인 이 온순한 세계로.

그가 내 곁에서 일어나 창으로 다가간다. 여린 곳에 스며든 빛을 바라본다. 그의 눈길은 천진하고도 집요하다.

커튼을 걷으면 유리창 너머로 나무가 보였어요. 크고 강한 나무가.

그의 말을, 나는 돌림노래처럼 잇는다.

당신이 상상할 수 있던 그 어떤 나무보다도 큰 나무.

재빛 건물 3층이었던 이 방의 창가까지 울창한 가지를 내밀어 올 수 있을 만큼.

당신이 손을 내밀면 그 단단한 가지와 거칠거칠한 잎사귀를 만져 볼 수 있을 만큼.

창문에서 떨어지면 강한 손으로 나를 받아 줄지도 모른다고 믿게 될 만큼.

당신이 유리창 바깥으로 작은 새가 될 듯 몸을 내밀 때면, 날개 아닌 어머니의 손들이 당신을 붙잡았죠.

너무 멀리 가서는 안 된다.

멀리 가면 먼 곳에 머물게 돼. 그리움의 장소에.

그는 연다. 내가 아는 그의 이야기를.

우리는 친구가 될 수밖에 없었어요. 거목은 어리고 외롭던 나의 눈길 속에서 왕좌에 올랐고, 찬란해졌죠. 나는 그를 나무의 왕이라 불렀죠. 엄마는 방문 너머로 듣지 말아야 할 말들이 들려올 때면 내게 나뭇가지 사이로 햇빛이 새어드는 모습을 보라고, 바람 소리를 들으라고 소곤거렸어요. 우리는 숨을 죽이고 창 너머를 보았죠. 나무의 왕을. 그의 찬란함, 아늑함을.

그는 자신이 그를 사랑했다고 고백한다. 두려움이 그를 사랑으로 이끌었다.

어느 날은 나무가 사라지게 될 것을 알았어요. 그 왕국에 밑동조차 남지 않게 될 거라 했죠. 나는 막을 수 없었어요. 그가 서 있는 땅의 무엇도 내 것이 아니었죠. 그가 사라진 곳엔 무언가가 생겨날 거라 했지만 나는 그런 말들을 이해할 수 없었어요. 나의 것, 나의 바깥에 놓인 것. 나는 나무의 왕이 어떻게 사라졌는지 보지 못했어요. 할머니 집을 혼자 찾아올 수 없었기 때문은 아니었죠. 나의 바깥을 보고 싶지 않았기 때문이었어요. 사랑이 베어져 나가는 모습을 보러 오기에 나는 너무 어렸죠. 먼 훗날 그가 있던 거리 근처를 지나가게 되었고, 나는 그가 없는 땅만을 보았어요.

텅 비지 않은 곳.

그래요. 누군가 사라졌지만, 텅 빈 흔적이 남지 않은 곳.

그가 커튼으로 손을 내민다. 나는 그의 머리칼을 쓰다듬는다. 그의 어깨에 나의 이마를 기댄다. 물음들이 온순한 바다의 밀물처럼 밀려온다.

빈자리들은 어디로 가죠? 사라진 것들은 사라진 것들의

왕국으로 떠나가는데, 그들이 남긴 빈자리는 어디로 가죠?

어쩌면 빈자리의 왕국으로.

그 빈자리가 남긴 빈자리는? 모두가 떠나가면 무엇이 남죠?

나는 물음들로 그를 붙잡아보려 하지만 그는 커튼을 걷는 손길을 멈추지 않는다. 커튼이 걷히자 창문 너머 풍경이 보인다. 우리는 그 모습을 본다.

빈자리가 있다. 거인의 잘린 발목 같은 나무 그루터기가 보인다. 사방으로 흩어진 커다랗고 거칠거칠한 잎사귀들, 곳곳에 찍힌 초록색 손바닥 자국 같은.

나는 그것이 그가 보지 못한 풍경임을 안다. 걷지 않은 지하의 길임을 안다. 그의 아버지는 이곳을 떠난 뒤 오랫동안 다시 돌아오지 않았다. 할머니와 아버지가 다투던 시절은 짧게 그친 여름비처럼 지나갔다. 퍼부어졌던 말들이, 고여 들었던 애정이, 작은 방 창가의 위안이 이곳을 떠났다. 그는 빈자리를 본 적이 없다.

마지막 인사를 건네지 못했죠. 그 왕국이 어떻게 허물어졌는지 나는 모릅니다. 이것은 내가 본 적 없는 풍경이에요.

열 살, 어쩌면 열두 살일 어린 그가 창틀에 가슴을 기댄다. 어깨가 창틀 너머로 구부러진다. 내밀어진 두 개의 팔에 잿빛이 감돈다.

이제는 내가 이곳의 결말을 쓰기 위해 태어났다는 것을 안다. 지우기 위해, 물려주기 위해, 뒤로 물리기 위해. 여기, 되풀이를 위해 온 내가 웅크린다. 그는 나의 이야기. 나는 그를 위해 끝과 끝을 잇는다. 먼 훗날 그는 자신이 보지 못한 빈자리와 베어진 사랑의 자국을 이곳 아닌 모든 길에서 발견해 낸다.

도시는 그리움의 조각이다. 우리는 숨을 수 없다. 빈자리들은 바라보지 않는 순간 자취를 감춘다. 그는 사라지는 것들만을 본다.

그는 잿빛 건물의 나무 창틀을 넘어 천천히 날개를 뻗는다. 나는 그가 홀로 떠나가지 않도록 내게서 날개를 길러낸다. 우리는 두 마리 새가 되고, 두 그루 나무가 되고, 두 조각 열매가 되어, 우리가 된다. 환한 빈자리들이 고여든 호수로 떠난다.

지워진 빈자리는 언젠가 호수에 다다른다. 먼 곳에만 머무는 물결 속으로 느리게 잠겨 든다. 나는 잊고 있던 물음의 답을 기억해 낸다. 저들은 늘 여기에 있다.

내겐 그런 기억이 있다. 나의 바깥으로 처음 말이란 걸 전하던 순간의 기억이다. 나와 말이 나뉘어 다시 나를 태어나게 하던 그 순간을 나는 오랫동안 잊지 않아 왔다. 글을 쓰는 건 그런 기억들을 위해서다. 나는 시간과 기억에 욕심이 많다. 사랑을 되살리기 위해 쓰고 싶다. 여기 엮인 건 그런 그리움으로 쓴 글들이다. 글 속에서 나는 잃어버린 것들을 다시 만난다. 이제는 헤어지지 않는다.

나 말곤 아무도 없던 고요한 시골 길에서 빨갛고 커다란 꽃 한 송이를 본 적이 있다. 학교에 입학하기 전 일이다. 아무도 보지 않는데도 훔치듯 그 꽃을 꺾어 걷다가 집에 도착하기 전 어딘기에 몰래 버렸다. 사실은 꽃을 꺾지 않고 그저 잠깐 보다가 거길 떠났던 것도 같다. 어쩐지 지금은 꽃을 훔쳐보았길 바라게 된다. 아마 그러지 않았을 것이다.
그 길목에 내가 잊지 않아 온 오래된 사랑이 있다.

신화의
소실점으로

윤경희(문학평론가)

　『공기 도미노』(2017)와 『수초 수조』(2019)라는 독특한 제목을 지닌 책 두 권을 따라 읽어 온 독자라면, 최영건의 세 번째 책 『연인을 위한 퇴고』(2024)를 맞이하며 신선한 충격을 받을 수밖에 없다. 이것이 정말 같은 작가의 글쓰기라니. 한 사람이 어쩌면 이렇게 전혀 다른 목소리를 낼 수 있을까. 이야기의 소재는 물론 문체의 특질에서 공통점을 쉽사리 발견할 수 없기란 어떻게 가능한가. 나는 지난 독서에서 무엇을 놓쳤길래 이처럼 낯선 언어와 마주하게 되었을까. 알기 위해서라도 우선 전작들을 순차적으로 재독해야 한다. 이는 앞선 글쓰기로부터 작가가 품었을 거리 두기의 의지를 인식하기 위해서라도 꼭 필요하다. 마침 『연인을 위한 퇴고』의 주요 테마 중 하나는 변신이기도 하므로. 따라서 이 글은 『연인을 위한 퇴고』를 내심으로 하여, 세 권의 책에 공평한 주의를 기울이며, 바깥으로부터 점차 접근해 들어가는 최영건론을 시도한다.

첫 소설 『공기 도미노』에서 최영건은 한국 문학에서 거의 재현된 적 없는 인물군을 전면에 등장시켰다. 일제 강점기, 한국 전쟁, 군부 독재, 산업화, 민주화 운동으로 이어지는 한반도의 역사적 시간 속에서 항거하고, 그러다 다치거나 죽고, 조금이나마 지녔던 것을 상실하거나 기꺼이 희생한 사람들이 있는 반면, 거대한 폭력의 세월을 거치면서 거의 아무런 상해를 입지 않고 무탈히 생존한 사람들이 있다. 공동체의 역사적 트라우마에서 아주 자유롭지 않지만, 적어도 금전적으로는 전혀 곤란한 적 없었고, 국가 생활 수준의 전반적 향상을 고려하더라도 오히려, 훨씬 비약적으로 풍요로워진 사람들이 있는 것이다. "전쟁과 혁명, 정변, IMF를 차례로 겪은 후에도 그의 삶에는 함께 살아온 사람들이 인정해 줄 만한 고생이 부재했다"[1]고, 작가가 전지적 시점으로 통찰한 이들은 21세기 초반인 현재 70대 전후의 도시 자산가 계층을 이룬다. 강점기에도 재산을 보전한 집

1)   최영건, 『공기 도미노』(민음사, 2017), 71쪽.

안 출신으로, 토건 개발과 산업화 시대에 부동산과 현금을 늘리고, 자식 세대의 교육과 결혼에 투자를 아끼지 않아 세속적으로 번듯한 직업과 배경을 갖추게 했으며, 늘그막에 이르러 사회의 주요 결정권자 자리에서는 물러났지만, 경제적 주도권을 바탕으로 가정에서 여전히 자식과 손주 들에게 막강한 권위를 행사한다. 부유한 노인이라는, 사회에 실존하며 텔레비전 드라마라는 대중문화 양식에서 반복 재생산되어 왔으나, 문학에서는 의외로 희귀한 주체를 최영건의 소설은 생생하게 불러내는 것이다.

『공기 도미노』에서 이들이 지배하는 세계는 수려한 건축물 한 채로 형상화된다. 78세 백현석이 거주하는 단독주택은 마치 필립 존슨이 설계한 "캘리포니아의 수정교회"를 닮은 듯 유리 지붕이 번쩍이고, "정원의 배치는 왕정 시기의 프랑스를 연상"[2] 시킨다. 그의 애인 윤복자가 소유한 정원 딸린 3층 건물은 손녀 김연주가 무상으로 임대하여 카페로 운영하고 있다. 노인들은 문화적 소양도 높아서, 주택 설계에 참여하고, 직접 그린 그림들로 벽을 장식한다. 금전, 교양, 게다가 사회 통념에 아랑곳하지 않는 성애욕까지 갖춘, 이들은 최영건이 예리하게 포착한 동시대 한국의 실

---

2)   위의 책, 9쪽.

질적인 지배자이다. 이들은 완고한 만큼 왕성한 생동력으로 아랫세대 구성원의 기를 흡입하듯 제압하는데, 일요일 대낮에 교회 바자회에서 떳떳하게 데이트를 즐기는 윤복자와 백현석과 대조되어, 윤복자의 카페 건물 3층에서 사장 몰래 섹스하는 아르바이트생들, 요가 강사와 외도하는 백현석의 아들, 그리고 할머니가 보기에 변변찮은 남자 친구를 만나는 김연주의 삶은 한편으로는 어처구니없는 희극처럼 비루해 보이면서, 다른 한편으로는 쓰라린 공감성 고통을 유발한다. 소설의 말미에서 백현석의 손녀가 출몰하는 룸카페인지 멀티방인지 모를 장소는 소설 첫머리에 소개된 할아버지의 중후한 저택과 극명한 대척점을 이룬다. 이 수상하고 불건전한 곳에서 어린 사람들은 어른들 몰래 "섹스를 하거나 집에서 받은 용돈을 갖가지 용도로 허비"[3]하는데, 이는 당연히 노인 세대가 틀어쥔, 어쩌면 영원히, 금권과 성적 에너지에 대한 허망한 의태이자 무력한 반항에 불과할 따름이다. "시간이 가도 이 관계가 계속된다면 방 안의 몇몇은 평생 자식을 낳지 못하게 될지도 모른다. 탄생하는 부산물은 없을 것"[4]이라는 냉엄한 진단 외에 젊은이들을 위한 다른 미래는 예비되지 않은 것 같다.

---

3) 위의 책, 179쪽.
4) 위의 책, 180쪽.

최영건의 소설은 따라서 한국 현대사의 맥락에서 특정 계층과 연령대의 교집합에 속하는 인구 집단에 관한 사회학적 관찰의 문학적 표본이 될 수 있다. 그간의 재현에서 누군가의 나이 많은 부자 친척 정도로 멀고도 희미한 배경 속에 숨어 있던 인물군이 놀라운 구체성과 밀도와 정력을 갖추고 나타나 무대를 장악한다. 조금 더 정확히 말하면, 이들은 무대의 실질적 구축자이며 자기들의 권력과 정념과 가치관에 따라 사건을 만들고 다른 인물들을 부린다.

연극의 비유는 최영건의 두 번째 책을 읽을 때 더욱 유용하다. 『수초 수조』에 실린 단편들은 여러 면에서 『공기 도미노』의 세계를 변주한다. 현재 노인 세대에 속하는 인물이 어리거나 젊었던 시절에 지은 저택이 여전히 고고한 현존감을 발하며 주변 환경과 그 안에서 새로 태어난 사람들을 압도한다. 「쥐」에서의 제비 저택은 그것의 가장 구체적인 예이다.

외조부의 취향이 반영된 이 집은 한때 제비 저택이라는 별칭으로 불렸다. 집의 기둥과 복도들이 만들어 내는 모양이 단면도로 보았을 때 마치 제비가 날아가는 듯한 모양이라 해서 붙은 이름이었다. 양의 외조부 윤경은 기묘한 취향으로 약간의 명성을 얻은 건축가였다. 그는 대한 광복 직후에 헐값에 집을 내놓은 일본 관료로부터 이 목조 가옥을 사들였고 그 뒤 꾸준히 돈을 들여 개조를 거듭해서 지금의 형태를 완성시켰다. 집 안에는 윤경의 취향에 따라 실용성 대신 심미성만을 따진 공간들이 자리했다. 복도는 쓸데없이 구부러져 있었고, 기둥들은 2층을 떠받치기 위해서가 아니라 그저 이유 없이 그 자리에 서 있었다. 모든 방은 구불거리며 가지를 친 복도 위에 나무 열매처럼 실려 있었다.[5]

여기 최영건적 드라마투르기와 미장센의 거의 모든 것이 압축되어 있다. 아름다운 집이 한 채 있다. 집은 묘사가 정밀하면 할수록 거의 비현실이라 느껴질 정도로 생경한 감각을 불러일으킨다. 1945년부터 2024년 현재까지 남한 도시 주택가의 주류적 풍경은 강점기에 지어져서 골목길에 즐비하게 늘어섰던 개량 한옥이 산업화 과정에서 헐리며 그 자리에 점차 다세대 주택이 들어서고, 일부에는 대규모 토건 자본이 개입하여 대단지 아파트를 조성하는 식으로 변천해 왔다. 도시의 파노라마가 신속하게 변모하는 와중에, 구도심의 어느 언덕이나 산기슭에는 높은 담장과

---

5)   최영건, 「쥐」, 『수초 수조』(민음사, 2019), 112쪽.

정원수들로 유리되어 바깥의 인구 변동이나 주거 양식의 변화와 무관하게 자기만의 세월을 누적하는 집안이 있다. 제비 주택은 그런 가계의 외피이다. 최영건은 이러한 집안과 건축물이 잔존하는 경위에 부역이 있음을 지시하면서, "아버지가 어느 정도 친일 행각에 몸담았던 사람이었는지 궁금해지곤" 하지만, "스스로 그런 것을 캐 보려 들지는"[6] 않는 인물들에게서 그들이 누리는 품위와 체면을 한 꺼풀 벗겨낸다. 일견 신비롭고 우아한 것 아래 역사적이고 정치적인 토대, 권력에의 지향과 계급성, 반동적 보신주의가 감추어져 있음을 인식하고 그것을 탈신비화하는 것이다.

「플라스틱들」에서 온갖 과실수가 자라는 넓은 정원에 분재와 난초 온실까지 딸린 이층집, 「감과 비」에서 드라마 촬영 장소로 섭외될 만큼 인기 있는 번화가 카페와 주거 공간, 그리고 「더위 속의 잠」에서 역시 정원이 있는 이층집. 그러니 이런 연극을 떠올릴 수 있겠다. 무대 중앙에 마치 18세기 유럽에서 유행한 인형의 집 같은 장치가 세워져 있다. 앞면이 개방되어서 층마다 방의 구조와 실내 장식이 노출되었다. 수준 높은 취향으로 꾸민 실내에서 건물 소유주이자 실거주자인 노인과 그의 후손 또는 뜨내기 젊은이들

---

6) 최영건, 「감과 비」, 위의 책, 112쪽.

이 한 편의 사실주의풍 드라마를 연출한다. 노인들은 사별한 배우자를 여전히 그리워하거나 새 애인을 사귀는 등 아무튼 여전한 에로스의 에너지를 보유하고 있는데, 전 시대 및 동세대의 아무것과도 진심으로 헤어지거나 후세대에게 아무것도 물려줄 의향이 없다는 점에서, 어쩌면 순도 높은 자기애 혹은 자기 보존의 욕구가 이들을 움직이는 가장 근원적인 정념일 수도 있을 것이다. 노인 자산가의 무탈한 생애와 욕망이 집약된 건축적 장치 안에서, 후세대로서는, 아무리 어린아이 장난감일지언정 이와 유사한 집-체계를 새로 세우려는 시도는 실패로 돌아가고, 탈주하려는 의지조차 발동되지 않을 만큼 경제적으로 무력하다. 아무에게도 기꺼이 승계되지 않을 것이고 따라서 쇄신되지 않을 집들은 마치 한국 현대사의 지층 한구석에 거의 원형 그대로 보존된 특정 종의 화석과 같을 것이다.

이 가운데 『수초 수조』의 후반부에 실린 「물결 벌레」와 「수초 수조」는 이제껏 논의한 작품들과 다른 결을 지녔다는 점에서 주목을 끈다. 최영건이 자주 시도하지 않은 일인칭 서사라는 점에서 그렇고, 특정 세대와 계층에 관한 정묘한 사실주의적 실내극과 탈신비화 대신 여행의 환상성을 부각한 이야기라는 점에서 그렇다. 특히 가장 마지막 단편 「수초 수조」에 이르러 우리는 비로소 최영건의 전작 두 권과 이제 그것들을 뒤잇는 『연인을 위한 퇴고』의 연결 고리를 발견한 것만 같다.

「수초 수조」의 장소는 언뜻 다른 작품들에서의 것과 유사해 보인다. 주홍빛 커튼이 드리워졌고 휴대전화에서는 감미로운 음악이 흘러나오고 소파와 화분 하나가 놓인 방, 알 모양의 방, 그리고 오이김밥과 쑥국 향이 짙게 풍기는 부엌이 있는 집은 감각적인 만큼 구체적이다. 하지만 이 집에서는 점차 현실의 법칙을 위반하는 이상한 일들이 일어나는데, 알 모양 방에 갑자기 웅덩이가 고이고 수초가 자라난다거나, 집의 원거주자가 인간의 형체를 버리고 말하는 개로 변신하거나, 개의 이름은 낙엽인데 그것은 사실 이 집에 부지불식간에 존재하게 된 일인칭 화자의 이름이기도 하다는 것이다. 나아가 이 집은 기술이 개입된 인공물에 자연이 점차 막강한 힘으로 스며들어서 엄밀히 말하면 자연과 인공이 얽힌 하이브리드에 가까워진다. 알 방에서 돋아난 수초가 그렇고, 소파에 누울 때 피어나는 무덤 속 흙과 벌레의 상상이 그렇고, 아무것도 심기지 않았지만 바람과 먼지와 음악의 협력으로 싹을 틔우는 화분이 그렇다. 나와 다른 존재의 구분이 무화되는 세계, 자연의 한 뙈기에 금을 그어 세운 인공의 벽과 지붕에 다시 자연이 늘어와 자리 잡는 세계, 그리고 역사와 현실 대신 환상과 신비가 훨씬 막

강한 힘을 발휘하는 세계. 「수초 수조」에서 이는 "사후 세계"[7]라 제시되었는데, 최영건의 다음 글쓰기에서는 그것을 유년기라 하게 될 것이다. 우리가 체험하지 못한 미지의 시간과 체험했으나 망실한 시간이 신화적 환상의 글쓰기 안에서 서로 손끝을 내밀 것이다.

삼인칭 대신 일인칭을 사용하기로 한 소설가는 서정시의 화자와 닮은 면이 있어서 글쓰기의 도정에 다음의 질문과 마주하게 된다고 생각한다. 나라고 쓰는 나는 누구인가. 그리고 나라고 쓰는 나는 어떻게 쓰는 자가 되었는가. 전후 관계가 바뀔 수도 있을 것이다. 인칭과 무관하게, 나는 어떻게 이야기를 쓰는 자가 되었는가. 이처럼 자문하면서부터 삼인칭에서 일인칭으로 시점을 전환하게 되는지도 모른다. 「수초 수조」 이후 수년의 시간을 들여 쓰는 자로서의 자기에 관한 질문에 답을 찾아간 글쓰기가 『연인을 위한 퇴고』가 아니었을까.

질문을 더 간략히 줄여서, 나는 왜 쓰는가. 쓰는 자에게 이 질문이 찾아드는 순간이 있다. 지금 쓰는 것으로써 어떤 목적을 달성하려는지 또는 무엇을 지향하는지 묻는

---

7) 최영건, 「수초 수조」, 위의 책, 233쪽.

게 아니다. 지금 내가 무구하게 열중하는 쓰기라는 행위를 나는 어떤 계기로 시작하게 되었는지 묻는 것이다. 미래를 그리기보다 과거를 더듬으려는 질문이다. 나의 글쓰기로 세계를 움직이기보다 어떤 사건들이 나를 움직여서 나로 하여금 쓰는 자로 살게 하는지를 알아내고자 한다.

　나는 왜 쓰는가. 질문이 발생하는 순간, 몰두는 깨지고, 쓰기는 진척을 멈춘다. 질문에 조금이나마 답을 찾으려면, 세계와 글쓰기에 시선과 손의 권한을 지닌 주체의 자리에서 나를 끄집어내어, 세계 속 여러 인자들의 힘에 속수무책으로 영향받는 객체의 자리에 놓아야 한다. 글쓰기는 그 영향들에 주권을 헌납함으로써 떼어 받는 작은 몫, 또는 기꺼운 복종의 대가로 하사받는 선물, 또는 수업료를 대체하여 뒤늦게 상환하는 수공의 물물, 무엇이든 겸허한 조금일 것이다.

　나는 왜 쓰는가. 질문에 답을 구하려면 시간을 거슬러 올라가야 한다. 되도록 가장 먼 과거로 파고들어 첫 것들을 기억해 내야 한다. 나의 첫 글쓰기는 무엇이었는지, 과제로 주어진 글쓰기를 억지로 수행하는 게 아닌, 자발적 쓰기의 충동은 언제 어떤 계기로 처음 생겨났는지, 쓰기는 어찌하여 이처럼 은밀한 쾌락과 환희를 선사하며 그것을 지속하게 하는지, 심지어 고통스럽게 비참할지라도 오히려 그렇기에 지속을 포기하지 않게 되는지. 기원을 추적하는 일은 기억의 한계를 시험하는 일이기도 하다. 온전히 회상할 수 없는 공백과 누락을 메우기 위해 상상이 발동한다. 글쓰기의 충동과 욕망이 생성한 기원의 자리에 되찾아 맞출 수 없는 사건들의 사실성이 아니라 그리움으로 소환된 인상, 정념, 감각의 모서리, 어긋나는 단편들이 수집된다. 기원과 생성에 관한 모든 이야기가 그렇듯 그것은 하나의 신화로 덩어리진다. 그리고 모든 신화가 그렇듯 언제든 번복되며 새로 쓰일 것이다. 무한히 퇴고될 것이다.

『연인을 위한 퇴고』에서 최영건의 전작을 틀지었던 몇몇 서사 장치들을 희미하게나마 분간할 수 있다. 조부모 혹은 부모 세대가 지어서 대대로 살아온 저택, 창밖으로 나무가 보이는 정원, 사랑의 능력이 쇠잔해지지 않은 노년의 여성. 그러나 최영건적 서사소라 할 만한 이것들은 더 이상 전지적 삼인칭의 목소리로 집과 노인의 완고한 일체적 부동성을 예리하게 해부하는 데 사용되지 않는다. 「수초 수조」에서 나와 개와 낙엽이 이미 그러했듯, 『연인을 위한 퇴고』에서 나무, 괴물, 늙은 여인, 젊은 여인, 소녀, 유령처럼 개별자로 한정할 수 없는 존재들은 아무런 현실 법칙의 제약을 받지 않는 환상적 서사의 장에 출몰하고, 이들은 한 장소에 못 박혀 그곳의 역사적 부침과 자기의 생애를 동일

시하기보다 꿈속의 우화 같은 공원, 묘지, 예배당, 성, 동굴을 헤매는 편을 택한다. 고유명과 특정성 없는 이들은 일인칭의 자리를 자유롭게 점유했다가 다른 존재에게 넘겨주면서, 결과적으로, 내가 너이고 네가 나인, 거듭되는 변신에 피아의 변별이 더 이상 아무런 의미가 없어지는 융합의 상태를 지향한다. 분화 이전 태초의 생성을 더듬어 가는 작용이 궁극에 이르면, 목소리의 연원은 말하는 나무든 괴물이든 아니면 어떤 연령의 여성이든 인격이라는 거추장스러운 껍데기를 완전히 떨쳐 버릴 것이며, 오로지 이야기가 목소리의 주인으로 스스로 이야기하는 지점에 근접할 것이다. 『연인을 위한 퇴고』는 이 이야기의 순수 지점에 도달할 때까지 퇴고를 멈추지 않을 것만 같다. 이, 야, 기, 이 한 낱말로 응축될 때까지. 혹은 나, 더 짧은 이 낱말이자 장소에 도착할 때까지.

> 이야기 속에는 빈자리와, 이야기를 만드는 사람과, 이미 만들어진 이야기가 산다. 그 셋은 서로를 사랑하고, 사랑을 위해 영원의 뒤를 밟는다. 빈자리들에 이야기들이 들어찬다. 이것이 나의 이야기다. 나의 몸이다.[8]

---

8) 최영건, 「두 개의 길이 이따금 겹치는」, 『연인을 위한 퇴고』(민음사, 2024), 29쪽. 이하 쪽수만 표기.

그는 내가 쓰는 이야기, 내가 마치지 못하고 되풀이하는 한 편의 사랑이다. 우리는 조금씩 달라지는 비슷한 글들로 이루어진다.[9]

너는 내가 이야기로 쓴 나이고, 이야기에 간직한 나야.[10]

"집이란 무엇을 뜻하나. 책의 여자에게 집은 단 두 줄의 글을 위한 장소"[11]라고 여자의 연인이자 나무이자 괴물이 말한다. 이야기는 모든 존재자의 유일하고도 절대적인 집. 존재자들이 생성하여 소멸하다 다른 존재자로 탈바꿈해 재탄생하는 한 채의 바깥 없는 광대한 집. 집과 인간의 관계를 탈신비화하는 이야기로 시작한 최영건의 글쓰기는, 『연인을 위한 퇴고』에서, 존재자와 그의 집으로서의 이야기를 신화화하는 방향으로 옮아왔다. 그렇다면 그 근저에서 비로소 고백된 사랑은. 그것은 거듭 발음되었지만 온전히 이야기되지는 않았으므로, 이 공백으로부터 퇴고는 다시금 수행될 것이다. 그리고 그것은 다음 언젠가의 책이 될 것이다.

---

9) 211쪽.
10) 59~60쪽.
11) 51쪽.

연인을 위한 퇴고

1판 1쇄 찍음	2024년 7월 26일
1판 1쇄 펴냄	2024년 8월 8일

지은이	최영건
발행인	박근섭, 박상준
펴낸곳	(주)민음사

출판등록	1966. 5. 19. (제 16-490호)
주소	서울특별시 강남구 도산대로1길 62(신사동)
	강남출판문화센터 5층(우편번호 06027)
전화	02-515-2000
팩시밀리	02-515-2007
홈페이지	www.minumsa.com

ISBN	978-89-374-4602-3 (03810)
✳	잘못 만들어진 책은 구입처에서 교환해 드립니다.